JUSTAUCORPS

De la même auteure

Ventre vide
nouvelles
Publie.net, 2015

« Après, on dirait que le sang monte jusqu'aux oreilles et le ciel est sourd, est-ce qu'on viole aussi les oiseaux, est-ce que ça se peut ? »

Jean-Pierre Cannet,
La Belle Étreinte

Prologue

La première fois. C'est l'histoire d'une première fois.

Laurence conduit et sa mère la regarde.

– Je peux, tu es sûre ?

– J'ai confiance.

Leur sourire, un débordement de joie. Elles se retrouvent enfin.

La route respire. La voiture suit la courbe des champs. Le vent transporte les mots qu'elles ne se disent pas, pas encore. La houle soulève les poitrines. Un bouton du chemisier saute et elles rient aux éclats.

Je suis là, avec toi. Vivante.

Le paysage bascule, ciel, colza. Le jaune s'envole. La route emporte la route. Deux femmes libres. Hors d'âge. Étonnement de vivre, envie d'aimer. Les joues chaudes comme après le premier verre d'alcool. Une nuée d'oiseaux virevolte, tranche l'air. Rapides battements d'ailes.

Encore !

La trajectoire s'étire. Laurence et sa mère sont comme seules au monde.

I

SEIZE ANS

L'essayage

– Essaie-le.

Dehors, la rue, l'automne. La pluie frappe à la vitre. Dedans, c'est le jour de l'essai. La respiration rentrée dans les côtes. Le justaucorps suspendu à un cintre. Il est neuf.

Au sol, le pantalon en boule rejoint par les chaussettes puis par la veste. La culotte, elle la garde, le soutien-gorge aussi. Un silence voyeur, comme quelqu'un à la fenêtre. Laurence sue. Elle a seize ans. Elle n'a jamais fait l'amour. Les tempes battantes, elle veut devenir une autre.

La lumière de la pièce est à peine suffisante, Christophe plisse les paupières. La pluie cinglante, attirante. S'échapper, s'enfuir dans la rue. Le justaucorps resterait sur le cintre, sans seins, sans fesses.

Du plafond tombe de l'eau, goutte à goutte, dans le seau. Entêtante comme la phrase « Essaie-le ».

Elle enfile le justaucorps, obsédée par l'odeur enflammée de ses aisselles. Elle noue les fils dorés. Il lui demande de tourner sur elle-même, elle tourne. De s'approcher, elle s'approche. Ventre vrillé. À quoi pense-t-il ? Que doit-elle faire ? Elle pourrait renverser le seau pour faire diversion. Une flaque d'eau à leurs pieds. Elle se fige, trop tard. Christophe la dévisage.

Il est là, ses doigts longent le justaucorps. Le haut puis le bas, dans l'échancrure. Sa main. La chaleur. Le tissu soulevé. Vouloir être saisie, renversée.

Le bruit lancinant des gouttes. Laurence passe du vide au plein, le souffle chaotique. Son cœur bat si fort, extérieur à elle, il pataugera dans la flaque quand l'eau débordera du seau, sanguinolent et gonflé comme les lèvres de son sexe, les exhiber, qu'il les regarde, touche, écarte, et qu'elle voie sa verge, au plus près. Désir et peur.

– Il te va parfaitement.

Christophe quitte la pièce.

La porte reste entrouverte. Laurence immobile. Dévastée. Le pantalon en boule et le cœur flasque à ses pieds. Elle veut qu'il revienne, ou non surtout pas. Que veut-elle ?

L'appareil photo est installé sur le buffet. Fonction « retardateur » activée pour que tous soient sur le cliché. Les chaises écartées, l'angle du tapis corné ; lui aussi participe au rictus collectif. Le décompte articulé bruyamment, solidairement :

– Cinq. Quatre. Trois. Deux. Un.

Juste à temps, Évelyne passe la main sur le chemisier de Laurence pour relever le col. Le mauvais pli ne sera pas sur la photo. Elle s'accumulera dans les albums. Sera oubliée, ou pas. Les albums des anniversaires. Ceux des vacances. Des compétitions de patinage. Évelyne les dépose sur la table comme des plats.

Le décompte à nouveau. Guillaume aligne des cacahuètes qui finissent dans son ventre. Il sait mettre de la distance entre lui et les autres. Personne ne lui demande rien. Laurence envie son petit frère.

Les photos entre les pages plastifiées ressemblent à la famille. On y mange, pose la bouche ouverte, les enfants séparés des adultes.

Les mains en appui sur la chaise, Laurence tend les jambes cachées sous la table, décolle les fesses et le haut des cuisses. Elle peut tenir au moins vingt secondes par la force des bras. Des événements importants vont la concerner. Elle porte cette intuition dans les hanches et dans la poitrine. Christophe l'obsède.

Évelyne demande à sa fille :

– Tu veux donner une photo à tes tantes ?

Sur celle-ci, Laurence est sans tête. Le justaucorps ceint la taille, brouillé par le mouvement. Le corps saisi dans l'élan, étranger, de passage. Il ne cesse de se transformer, parfois avec fulgurance. Ravissement ou panique. Les sentiments de Laurence se contredisent.

Sa mère raconte que Charlotte, une autre patineuse, s'est blessée au genou lors de l'échauffement. Un mauvais saut.

– En septembre, quasiment à la rentrée, ajoute-t-elle.

Charlotte a pris du poids, même dans le cou, comme s'il était gonflé de larmes. Elle a coupé ses cheveux très court. Avant sa chute, les deux adolescentes se ressemblaient, elles se prêtaient leurs justaucorps. C'est peut-être Charlotte le corps sans tête.

Les albums font place aux saladiers. Laurence a des envies incontrôlables d'engloutir la nourriture, comme si elle n'avait jamais mangé. Comme si elle ne pouvait jamais plus manger. Sa vie sera palpitante, elle en est convaincue. Elle entend les percussions dans son ventre, fortes, irrégulières.

La chambre de Laurence se prépare à revêtir une nouvelle peau. Sa mère arrache le papier du mur côté fenêtre. Plusieurs heures sont nécessaires pour retirer ce qu'elle et son mari ont posé dix ans plus tôt. Maintenir le bras longtemps à la verticale. Gratter avec un couteau à mastic. Évelyne chantonne et devient rouge à la naissance du cou. Il reste un pan. Le père de Laurence propose de poursuivre dans quelques jours.

La chambre est dans un entre-deux, passé et avenir se côtoient. L'adolescente est impatiente. Elle s'appuie contre le mur nu. Par endroits, des imperfections, des excès de plâtre. Elle gratte avec son ongle, le mur se réduit en poudre. Elle revit en boucle le moment où ils étaient tous les deux dans le bureau. L'essayage. Présente et absente à la fois. Recomposer l'ordre des gestes. Le parcours de la main. Les fils dorés du justaucorps. La chaleur. A-t-il compris qu'elle le désirait ? Laurence frotte ses bras contre le mur, ils se blanchissent. Elle les regarde comme s'ils ne lui appartenaient pas. Elle avait peur mais elle veut recommencer. Devenir une autre. Elle racle le mur avec le couteau à mastic laissé par sa mère. C'est creuser dans la paroi dont elle a envie. La percer, comme une acharnée. Comme aucune autre fille.

La température des vestiaires augmente lorsque arrivent les patineuses. Embrassades, mains dans les cheveux, rires. Parler, c'est aussi se toucher. Des gâteaux circulent, certaines culpabilisent de les manger. Les odeurs des peaux se mêlent entre elles. Les voix résonnent. Faire du bruit, être bavardes, prouver que leurs journées n'ont ressemblé à aucune autre. Elles se déshabillent, chacune a sa stratégie, se tenir de biais de dos ou rester de face, elles continuent de se couper la parole. Elles enfilent collants et justaucorps comme elles exécutent une chorégraphie collective. Le miroir est piqué par quelques points de rouille dans les angles.

Sur le bas du ventre de Laurence, une légère différence de couleur de peau, un reste de bronzage. Elle accroche son pull contre le radiateur en fonte. Elle appréciera de le retrouver chaud après l'entraînement.

Les conversations fusent, les patineuses n'ont plus que cinq minutes pour se préparer. Entre les gestes et les rires, toujours l'obsession du corps. Être regardée, être désirée. L'amour, Laurence y pense. Elle scrute au sol une grille d'évacuation de l'eau. Obscurité totale.

Elles ont toutes la chevelure longue et des mouvements identiques comme celui de mettre un élastique à la bouche, tirer sur les cheveux, les relever. Trois tours et elles sont prêtes.

Sous la grille, un souffle froid, le noir, l'épouvante. Personne n'aurait l'idée de la soulever, ce serait risquer d'y trouver… d'y trouver quoi ?

Les jeunes filles embellies sortent des vestiaires. Les lieux se vident dans l'indifférence. Restent les odeurs. Laurence ne veut pas être la dernière, comme si la grille pouvait l'aspirer. *Qu'est-ce qui m'attend ?*

La première fois

Vacillante, comme balancée entre deux temps, un avant et bientôt un après. Christophe la contourne, il ferme la porte. Laurence quitte ses habits devant lui, la tête est dans le noir le temps de retirer le pull. Les gestes rapides. Ça y est, elle est déjà nue, presque nue. Il lui faudrait plusieurs bras pour se couvrir au cas où quelqu'un observerait caché derrière le rideau. Elle garde sa culotte, enfile le justaucorps. L'apparence d'une femme, d'une fille ; qui est-elle ?

Fiévreuse. Une chaleur dure, compacte, grossissante. La pièce est instable. Un courant d'air frais lui apporte l'odeur de Christophe. Ce chaud-froid parfumé l'inquiète autant qu'il lui plaît. Elle va le faire avec lui, sa première fois. Excitation et appréhension lui brûlent le ventre comme une macération accélérée de fruits dans de l'alcool.

Christophe déboucle sa ceinture, son sexe se cogne au pantalon et se montre brusquement. Il le saisit et le fait aller et venir entre ses doigts. La peau court, obéit au pouce et à l'index. La verge remplit la main. Laurence voit les veines et le gland gonflé.

Il allonge Laurence au sol, lui dégage les cheveux. Il saisit le justaucorps, écarte la culotte. Il entre un doigt qu'elle prend pour son pénis, puis le pénis. Il est nerveux, elle est figée. Il sait, elle ne sait pas. Où va son sexe ? Par peur d'uriner, elle contracte la vessie. Il s'agite, sort d'elle, écarte et remonte une de ses cuisses qu'il comprime dans le pli de son bras, la pénètre à nouveau. Elle est effrayée. Il sait, elle ne sait pas.

Rassure-moi. Elle voudrait le lui dire. Peur des gestes, peur d'avoir mal, peur de saigner. Ça lui donne des coups, là, en dedans, des coups tranchants, aigus, éclatés, dans le ventre. Il la maintient fermement. Elle a l'impression que des yeux sont rivés sur elle. Son dos frotte le sol, la moquette lui brûle la peau. Par à-coups, la tête de Laurence remonte. Le visage de Christophe se contracte, une veine apparaît de son front à la racine du nez. Elle, tout son corps ressemble à une veine, battante à exploser. Les rubans dorés se défont. Laurence fixe le plafond. Elle s'en éloigne. Sa tête touche le pied de la chaise. Laurence s'enfonce, passe sous la moquette.

Le sexe est rejeté d'elle, mou, replié dans sa peau. Elle a mal fait sans doute, elle n'a pas la connaissance de ces choses. *C'est la première fois,* elle le dit sans le prononcer. Il se relève et elle n'ose pas le regarder.

Il remonte son pantalon. Elle entend la ceinture. Il demande s'il peut ouvrir la fenêtre. L'air parvient à Laurence saturé d'impudeur. Elle essuie les gouttes de sueur au-dessus de sa bouche. Elle doit être peu attirante. Il fume. Aucun mot. Que dit-on après l'amour ? La gorge noyée, muette, tout le reste du corps encore dans le tumulte mouillé de lui.

Il pose ses affaires doucement sur son ventre et reste face à elle. S'habiller ne lui est pas facile.

Elle rejoint les vestiaires, égarée, comme si elle entrait dans cet espace pour la première fois. Elle défait son jean, s'assoit sur le banc, a oublié un bouton. Le pantalon s'accroche aux hanches. Elle est une autre. Le banc, le radiateur en fonte, le portemanteau ne connaissent pas cette Laurence. Elle longe le grand miroir, regarde son visage de biais. *Tu l'as fait.*

L'entraînement, les gestes mécaniques. Christophe, les avant-bras sur la rambarde, comme d'habitude. Lui et elle, intimes dorénavant.

– Allonge les bras, jusque dans les doigts… Ne cambre pas !

C'est normal qu'il ne lui sourie pas. Il ne doit rien laisser paraître. Est-elle une femme maintenant ? Elle a mal aux os du sexe. Peut-elle le dire comme ça ? Elle fait des tours de piste, s'efforce de ressentir ses jambes, de les échauffer.

– Le ventre serré !

Elle sort de sa torpeur, se prend l'air en pleine face. Elle pleure, elle rit, elle est ignorante, elle sait juste qu'elle a seize ans, elle vient de faire l'amour. Pour preuve, des douleurs dans le bas du ventre, comme si tout le poids de son corps appuyait sur le bassin. Nous sommes le 30 novembre 1994.

Sa tête est droite, les cheveux bien tirés. Elle change. Sa mère sent bien qu'elle lui échappe, cela plaît à Laurence. Elle s'entraîne treize heures par semaine, au lieu des douze initialement autorisées. L'heure supplémentaire de l'arrogance. Sa mère la lui reproche. Elle est la première à vivre ce qu'elle vit. Elle se sent en pleine possession de son corps, fait des expériences solitaires avec son vagin, le pénètre, l'ouvre, le goûte. Elle met la tête sous les draps et le rejoint. C'est un secret. Honteux, mal, attirant. C'est plus fort qu'elle. Elle ne lâche rien, s'arrange pour que sa mère ne vienne plus la chercher après les entraînements. D'un geste vif, elle entasse ses affaires dans le sac comme pour contenir ses envies. Tout déborde. Elle s'attarde devant la porte du bureau, le pas avide, convaincue que Christophe la désire. Elle fait racler sa gorge. L'appel est compulsif. Ses tempes tapent si fort. Elle rentre chez elle en bus.

Sur le parking de la patinoire, Christophe et son ex-compagne s'échangent leur enfant. Tous les quinze jours, le vendredi à 19 heures, le petit passe de la voiture blanche de sa mère à celle empruntée par Christophe. Déplacer également le siège auto et le sac à langer. Vérifier la tétine accrochée au manteau. Recommencer en sens inverse le dimanche à 18 heures. Bien remettre au nourrisson les habits du vendredi. Ne pas mélanger. Elle exige aussi qu'il ne fume pas en présence de l'enfant. Elle s'en assure en reniflant les cheveux. Les deux véhicules sont garés à quelques places l'un de l'autre pour que Christophe ne voie pas dans son rétroviseur la voiture blanche s'éloigner.

Le corps

Filles et garçons apparaissent en tenue de bain. Le corps éclaboussé par la douche obligatoire, elles et ils marchent à deux, à trois, le long du bassin pour rejoindre l'ensemble des élèves. Bruyants, le pas énergique, faussement à l'aise. Ils ont pour consigne de laisser les serviettes aux vestiaires. Laurence avance seule. Le corps est beau, décomplexé. Elle relève les bras pour attacher ses cheveux. Ses aisselles sont rasées et blanches.

La classe entière est là, réunie, nerveuse. Un fouillis de jambes nues. Les corps ne tiennent pas en place.

Ils attendent en file indienne à l'extrémité du bassin. Un élève toutes les quinze secondes entre dans l'eau. Rapprochés, peu espacés, les corps ne se ressemblent pas. Des frottements maladroits, d'autres intentionnels. Des peaux fermes. Des muscles débutants. Des cuisses rentrées sur elles-mêmes, croisées, gênées d'être là, obligées. Des poitrines cachées sous les bras des filles. Des corps habités par le désir de maigrir ou de grossir. Des peaux saisies par la chair de poule. Mates, blanches, rosées, épilées, poilues. Des corps en mutation, on pourrait les voir s'allonger encore, s'élargir. La résonance de la salle se fait l'écho de l'agitation interne de chacun. Le brouhaha participe du mystère de leur corps. Comment seront-ils dans quelques mois ? Quelle forme pour les seins ? Quelle hauteur de jambes ? Quelle largeur d'épaules ? De hanches ? La matière synthétique du maillot de bain se plaque à la peau, révèle l'entrejambe des garçons plus qu'elle ne le dissimule. Fascinant, perturbant, répugnant. Garçons et filles s'observent sans en avoir l'air. Ils se scrutent, s'envient, se repoussent. Le chronomètre rythme les départs. Plongeon ou saut, comme ils le souhaitent. Échapper aux regards des autres ou être encore plus visible. Chacun détient son secret. Laurence plonge. Son corps attaque l'eau avec la pugnacité d'une boxeuse.

À l'autre extrémité, les élèves ressortent du bassin à l'aide des échelles et doivent revenir en marchant. Les fesses de certaines filles sont largement dévoilées. Les peaux sont imbibées de l'odeur de chlore. Quelques-uns voudraient en boire pour être ivres.

La deuxième fois, nous sommes le 9 février 1995. Elle est encore dans les vestiaires. Christophe reste derrière la porte, elle l'entend sans le voir.

– Laurence… tu pourras passer me voir ?

Son prénom dans sa bouche. Il lui appartient plus qu'à elle qui le porte. Il la nomme, la choisit. Elle est réelle. Elle n'est pas anonyme. Son corps ne pourrait pas être celui d'une autre. Elle pourrait feindre de ne pas avoir entendu, pour qu'à nouveau « Laurence » soit dans sa bouche. Être appelée pour exister.

Elle traverse le couloir, épuisée. La même sensation, l'été, dans la mer, à quelques dizaines de mètres de la plage, elle est sur le point d'atteindre la plate-forme sur laquelle se reposer. Les derniers mètres sont interminables, tenir encore. Pressée de relâcher l'effort. Elle entre.

La lumière est crue. Elle défait ce qu'elle a enfilé il y a quelques instants à peine dans les vestiaires. Il prend un peu de recul sans la lâcher du regard. La pièce est profonde, les recoins muets.

– Tu ne garderas pas ta culotte à la compétition.

Il s'approche, lui dégage une mèche de cheveux. Les jambes de Laurence, empotées, se nouent l'une dans l'autre. Elle parvient à quitter sa culotte. Les poils de son sexe s'exposent et ouvrent sur une peau tombante, son entrejambe est bileux. Elle enfile le justaucorps. Il le réajuste sur les épaules. Elle s'allonge. Elle doit savoir. Être digne de lui, de ce secret qui les lie et la différencie des autres filles. Elle devance et ouvre les jambes, avec application. Elle sait des choses du sexe maintenant. Il écarte le justaucorps dans l'entrecuisse. Elle ne veut pas le décevoir. Des morceaux de chair se percent, son ventre lui fait mal. Elle a l'impression qu'il est étiré au maximum, comme on le fait avec un tissu pour le découper en son centre. Le T-shirt de Christophe se balance au-dessus du visage de Laurence et couvre sa bouche, une montée d'eau. Plonger en mer sans matériel. La respiration bloquée. Le plafond est lourd, menaçant, écrasant. Il pourrait tomber sur elle, sur lui, les fendre en deux. La relation se termine dans le même vacarme intérieur que la première fois. Le sperme coule entre les jambes de Laurence.

– Je suis favorable à ce qu'elle prenne la pilule. Ses règles abondantes, ce n'est pas très confortable pour les entraînements. J'ai emmené Laurence chez mon gynécologue. Une étape supplémentaire. Elle n'est plus une enfant.

Sa mère la regarde, sa tante également. Laurence se sent au-dessus d'elles. Elle en veut à sa mère de raconter son intimité.

Elle aurait pu y aller seule, chez le gynécologue, elle aurait choisi une femme. Elle n'est plus une gamine. Elle fait l'amour avec Christophe. Elle a ce secret, ment à sa mère, ment au gynécologue qui l'a interrogée. Est-ce qu'il peut savoir qu'elle a couché deux fois ? Si elle avait le ventre noué, c'est parce qu'elle était mal à l'aise. Les jambes écartées malgré elle. « Avez-vous déjà eu une relation sexuelle ? » Elle croyait se tromper de posture tellement les étriers donnaient à voir son sexe grand ouvert. « Descendez le bassin. » Pourquoi sa mère ne lui avait pas dit qu'il allait l'examiner ? Qu'est-ce qu'il touchait avec son doigt ? « Détendez votre ventre. » Sa mère aurait pu la prévenir de l'existence de cette chose. « Un spéculum », lui a-t-elle dit après. Un tube… une lame ? À quoi ça ressemble ? Qu'a-t-il fouillé en elle qu'elle ne connaît pas ? « Très bien, jeune fille ! Vous pouvez vous habiller. »

Un jour, elle leur criera qu'elle couche avec Christophe. Il s'allonge sur elle, de son poids d'homme solide, et il la pénètre. Elle est à lui. Tout entière. Dans sa chair. *Christophe.* Le *f* qu'elle prolonge, le *o* qu'elle fait entrer en elle. Elle veut bien écarter encore plus les jambes pour qu'il s'enfonce en elle. Décoller le bassin du sol. Se cambrer subitement. Ça coupe le souffle. Personne ne peut imaginer. Laurence ne prend pas la peine de le raconter à son amie Sabine. Elle garde le secret. Se taire la rend importante. Les autres filles de son âge ne l'intéressent pas. Elles ne savent rien. Elle, elle sait Christophe. Sa mère ne peut pas comprendre.

Il tarde à les rejoindre. Elles ont commencé l'échauffement depuis quinze minutes. Abdominaux, fessiers. Elle veut qu'il entre, qu'il lui sourie. *Souris-moi.* Est-ce qu'il arrive dans son dos ? Laurence accentue ses mouvements. Une force physique décuplée. Elle se sent puissante, telle une énorme falaise, abrupte, projetant une cascade d'eau cinglante. Il marche sur le praticable, mains dans les poches de sa veste de sport. Son chewing-gum dépasse des lèvres par moments. Chacune son tour, les jeunes filles reçoivent un commentaire. Laurence est en bout de rang, elle l'attend, il l'intimide, elle est éprise.

– La meilleure pour la fin… En forme ?

Demain, compétition, le justaucorps, lui, eux deux. Leurs odeurs se frottent. Laurence lui sourit. Elle entre sur la glace, enchaîne furieusement les figures. Sa poitrine guide le corps. Ses mouvements se prolongent audelà de la piste. Derrière les murs de la patinoire, les voitures circulent rapidement sur deux voies, certaines bifurquent avec vigueur sur la rocade.

« C'est le travail qui compte, l'acharnement », martèle Christophe.

Le podium vibre des applaudissements. Le père et le frère de Laurence secouent leurs bras. Évelyne zoome pour voir le corps entier. Cadrer avec précision du front à la lame des patins. La coupe entre les mains devant la poitrine. Le justaucorps bien mérité.

Au retour, comme à l'aller, Christophe est à l'avant de la voiture. Il insiste pour payer les frais d'autoroute.

Laurence fixe la mâchoire qu'il remue. Elle aimerait l'embrasser. Saisir l'os à pleine bouche. Elle cale son écharpe contre la vitre pour appuyer sa tête, elle a peu de place pour étirer ses jambes. Les arbres sont malmenés par le vent. Guillaume lui demande de lui prêter la coupe, il y regarde, amusé, son reflet inversé.

Évelyne questionne Christophe sur sa vie de famille. Ils ont en commun des origines tunisiennes. Lui est né en France mais ses parents viennent de Tunis. La dernière fois qu'il y est allé, il avait douze ans. Il y emmènera son fils un jour. Le petit grandit vite, il veut manger tout seul. Ses gestes sont maladroits, il en met partout. La compote coule sur le menton jusque dans le cou. Laurence s'endort probablement au moment où Christophe explique la maladie de sa mère. Il y a des jours où tout va bien, d'autres où c'est plus compliqué, il fait ce qu'il peut.

La robe de Laurence serait flottante. Lui, ses vêtements seraient près du corps, tout en noir. Leur voix résonnerait dans leur poitrine. Leurs fronts s'appuieraient l'un contre l'autre. Il ne serait pas question de sexe ni de doigt. Ils feraient l'amour avec des corps sans sexe.

Évelyne

Laurence déambule dans le salon puis s'installe dans le canapé. Ses parents se croisent à plusieurs reprises devant elle, sans se parler. Son père, Rémy, n'a pas trouvé le temps encore de finir sa chambre, mais ça va venir. Il emmène son petit frère au cinéma. Sa mère laisse sur la table basse une boîte de médicaments et dit qu'elle va regarder la télévision au lit. Laurence est tentée une heure plus tard d'aller la voir. Elle le fait, entrouvre la porte, sait que sa mère exige qu'elle frappe avant d'entrer. Une femme est allongée sur le ventre. Sa mère s'est absentée, elle a laissé là son corps. Le sommeil intrigue Laurence. Un bras pend dans le vide, l'autre est caché sous le bassin. L'engourdissement doit la gagner. Le cou est crispé. Le drap dévoile la moitié du dos. L'idée de souffler dessus traverse son esprit, ou de le frotter mais elle a les mains froides, elle lui veut du bien, elle en pleurerait. Laurence quitte ses chaussures pour ne faire aucun bruit, ses pieds se posent délicatement sur la moquette, elle s'approche du lit. Elle regrette de ne pas être allée à l'anniversaire de Sabine. Elle a inventé pour son amie un mal de ventre.

Le corps endormi ne bouge pas, il semble de plus en plus silencieux. Laurence s'allonge près de sa mère, elle ne voit plus d'elle qu'une partie du visage, une joue immobile qui pourrait être douce à caresser. Elle y dépose un baiser avec toute la tendresse dont elle est capable puis repose sa tête sur l'oreiller. Elle continue de la fixer, leurs respirations s'alignent.

Les sous-vêtements

Laurence aime les avant-bras de Christophe sur la balustrade, ses lèvres sur la tasse, son autorité, sa mâchoire nerveuse. Elle atteint des vitesses surprenantes sur la piste, elle penche le buste, elle boit l'air, trouve l'équilibre. Ses joues rougissent d'effort. Elle se jette éperdument dans sa course comme une pilote de motocross, elle bondit sans lâcher l'engin.

Il la stoppe. Elle est prête à recommencer. Les tempes battantes. Sa poitrine se soulève dans le justaucorps.

– On arrête l'entraînement.

Les filles, une par une, se dirigent vers les vestiaires. Les déodorants en bombe couvrent les voix et saturent l'air. Christophe prétexte un document à remettre à Laurence avant de partir.

Ils se retrouvent dans le bureau très obscur par contraste avec les vestiaires. Elle ferme la porte, veut s'effondrer. Pleurer de l'effort qu'elle vient d'accomplir, des limites qu'elle vient de dépasser. Son rythme cardiaque encore hurlant. Elle se retient. Ses épaules penchent vers l'avant. Il est très excité. Son sexe s'échappe du pantalon à peine l'a-t-il ouvert. Il se masturbe pendant qu'il la regarde quitter ses vêtements puis ses sous-vêtements et enfiler le justaucorps. Elle se tortille pour faire remonter l'habit sur son ventre et passer les manches. Son déhanchement involontaire excite Christophe. Elle s'allonge sur le sol. Elle n'en a pas envie, pas aussi précipitamment, mais elle le fait. Il écarte ses jambes avec la main libre. Il essaie d'introduire son sexe, elle résiste, avec les doigts le faire entrer. Il éjacule. Son corps se fige. Un bloc de pierre. Laurence passe d'une explosion de battements à une ligne droite sur un électrocardiogramme. Aucun des deux ne respire plus. Paralysés. Deux corps saisis dans l'immobilité. Elle, les jambes nues. Lui, le pantalon baissé à hauteur des genoux, la ceinture en vrac. Même dehors, les voitures semblent brutalement arrêtées à cause d'un accident. Une circulation suspendue. Un silence inhabituel.

Le tissu pétrifié par le sperme refroidi, l'intérieur des cuisses glacé. Laurence se relève en même temps que Christophe, le justaucorps rigide, plaqué à la peau. Elle le retire. Un déchirement démesuré pour le détacher d'elle. Elle ne veut pas que Christophe ait de la peine. Elle est touchée par cet homme, par son besoin d'être consolé.

Elle s'enferme chez elle dans la salle de bains, sort le justaucorps enroulé sur lui-même. Elle le transporte de son sac au lavabo comme s'il s'agissait d'une bête blessée quasi morte dont on ne saurait pas si elle peut transmettre des saletés. L'habit la répugne, elle s'en veut d'avoir cette réaction. De l'eau, vite, même froide, pour que le justaucorps se décolle de lui-même. Le sperme invisible s'enfuit dans les canalisations. Si le justaucorps était avalé… Elle l'enfonce dans le trou. Il ne peut pas disparaître mais elle peut le noyer. Se noyer. Elle regarde l'eau monter sur ses poignets. La peau blanchit. Elle appuie sur le justaucorps. Elle a déjà arrêté de respirer. L'eau atteint le bord du lavabo. Les ongles deviennent transparents. Au dernier moment, elle retire le justaucorps. Le bruit de déglutition est énorme. La bonde ingurgite l'eau sale et c'est Laurence qui a envie de vomir. Elle abandonne le justaucorps, elle le laisse pour mort.

Elle s'attarde devant le miroir. Quelle banalité, l'image nue de son corps. Un manque de tenue comme un vêtement décousu. Elle écarte ses jambes, entre un doigt dans son vagin. Elle sait où il commence. Elle se réfère au dépliant que le gynécologue lui a donné. Cette peau pendante c'est la grande lèvre. Elle tire dessus sans délicatesse. C'est laid.

Elle espère que Christophe ne lui en voudra pas de ce qui s'est passé. Elle entre dans la baignoire, se laisse recouvrir, elle pense à nouveau à la noyade. Le visage immergé. Plusieurs dizaines de secondes en apnée. Les cheveux ondulent autour du visage blême. Pourrait-elle perdre connaissance ? Instinctivement, elle sort la tête et reprend de l'air. Elle aussi fait un bruit de déglutition pénible.

Ranger, trier, se débarrasser. Le besoin est vital, comme celui de crier après en avoir été empêché.

Au début, Évelyne pense que c'est une bonne idée de faire de la place dans la chambre. Et peut-être que cela incitera le père de Laurence à finir de poser le papier peint. Elle le ferait si elle n'avait pas cette douleur à l'épaule.

L'adolescente déballe, empile, aplatit dans des sacs ses vêtements d'un autre corps. En colère après toute cette accumulation, après sa mère dont elle refuse l'aide. Chaque étagère, chaque tiroir est vidé comme un corps délivré de toute sa graisse. Aller jusqu'à la moelle des os. Jeter et se sentir soulagée.

Laurence descend l'escalier, le remonte, plusieurs fois. Elle dépose tout dans le garage. Elle rejoint sa chambre transformée par le vide, dépecée au mur. Elle se sent elle aussi insignifiante.

Elle guette le départ de sa mère pour se rendre dans la chambre des parents. Elle ouvre le tiroir et remue les sous-vêtements. Ils sentent la lessive. Ils sont très ordinaires. Est-ce que ses parents font l'amour ? Elle n'imagine pas sa mère… Il faut du mystère et de la provocation. Christophe se cogne contre le bassin de Laurence. Elle le laisse faire avec toute l'arrogance dont elle est capable.

Elle l'aime donc elle fait l'amour. Elle n'a pas le plaisir que lui procure son doigt, mais elle en veut encore. Tous les lundis, leur rendez-vous. Le bureau, le justaucorps comme une seconde peau. Il demande, elle répond. Sans parler. Elle se tait sans y être contrainte. Les corps à leur place comme la chaise, le calendrier punaisé au mur. Il n'aime pas le changement. Il la regarde se déshabiller et passer le justaucorps par les jambes. L'une après l'autre. Le rituel la vide et accélère l'excitation de Christophe. Le justaucorps remonte entre les cuisses, se cale contre le sexe, le ventre, la poitrine. Les bras s'enfilent dans les manches. Le dos à demi dissimulé. Lui agite dans sa main une verge droite et impatiente. Il la pénètre. Elle respire sans bruit. La salive s'accumule dans la bouche. Le sperme passe de lui à elle. Les fils dorés sur la hanche se dénouent. Cela se termine toujours.

La lingerie de sa mère est minable. Au fond, elle ne cherchait rien. Laurence possède le justaucorps, il est son sous-vêtement.

Charlotte

Un baiser claque. Il résonne encore. Collant brillant et coiffure stricte, Laurence en justaucorps est sur la première marche. Haute, suspendue, donnée à tous. La patinoire resplendit. Le front lui fait mal tellement elle a tiré sur les cheveux. Elle sourit. Elle plane bien plus haut que le podium. Le baiser de Christophe est réel, dévorateur. La médaille palpite. La photo est prise, elle sera placardée dans le hall de la patinoire par-dessus celle de Charlotte, comme si les deux adolescentes se disputaient la place sur le mur.

Charlotte n'a pas cessé de grossir, son regard boursouflé trouble Laurence. « Ces derniers temps, elle allait très mal… », « L'été qui a précédé la chute, elle était dépressive… », « Les hormones de croissance… La pression des compétitions… », « Des problèmes dans sa famille… », « Elle n'a quand même pas fait exprès de chuter… », « C'est impitoyable… T'es plus rien… », « Elle est vite oubliée… Y en a d'autres qui arrivent derrière… », « On parle d'accident… Pour une gamine c'est dur… Elle n'a plus remis un pied à la patinoire… ». Toutes ces phrases retentissent aux oreilles de Laurence dès qu'elle croise Charlotte dans les couloirs du lycée. Laurence dévie sa trajectoire mais elle ne peut s'empêcher d'imaginer Charlotte hors d'elle à la vue de ses justaucorps et de son sac de sport. On raconte qu'elle les a enflammés devant chez elle, sur le ciment. Sa mère l'a retrouvée pliée de douleur, la tête penchée, recevant tout le sang du corps.

La petite voisine est confiée à Laurence un samedi par mois. Soixante francs lui sont donnés en échange de quelques heures de baby-sitting. Mélanie, âgée de huit ans, voudrait devenir coiffeuse ou patineuse comme Laurence. Elle passe son temps à vouloir coiffer les cheveux longs de l'adolescente. Laurence se laisse faire, elle ferme les yeux, parfois elle frissonne. À son tour, elle tresse les mèches fines de l'enfant. De multiples petites nattes égaient le visage de Mélanie.

Les règles

La chambre est enfin terminée, revêtue d'un papier gris-blanc. Laurence s'allonge, casque sur les oreilles. La chanson de Cindy Lauper enregistrée sur les deux faces en continu. S'enrouler dans la voix. Plonger dans un état vaporeux. Rouler des sons dans la gorge. Puis donner de la puissance. Se passionner. Vibrer. Dériver. Elle est dans le bureau, avec Christophe. Il a pris soin de fermer la fenêtre. Et surtout il a placé un oreiller moelleux sous sa tête. Il a le corps léger. Elle le reçoit dans ses hanches. Il lui parle, lui sourit. Qu'est-ce qui arrive comme une crampe ? Laurence ouvre et referme les paupières. Elle ne s'est pas encore habituée au papier gris. L'odeur du revêtement neuf est entêtante. Elle se lève, aère sa chambre, se laisse retomber sur le lit de manière brusque comme pour se faire taire elle-même. Pourquoi ne dit-il pas qu'il l'aime alors ? Est-ce qu'elle doit deviner ? N'entend-elle pas ? Il l'aime, forcément. Elle tape des pieds contre le matelas. Le mollet se tétanise. Une crampe douloureuse persiste. Qui s'allonge sur elle ? Garder les yeux ouverts. Les murs sont nets, impeccables, la chambre spacieuse. La voix de la chanteuse s'éloigne. Laurence attend que ça passe. Libérer la jambe.

Absentes depuis la prise de la pilule, Laurence n'avait pas soupçonné l'arrivée de ses règles. Elle les avait oubliées. Son corps la défie. Le flot de sang traverse la culotte, le jean et peut-être même la chaise. Elle n'a rien pour se protéger. L'heure de cours est interminable. Les mains ont des bouffées de chaleur. Le sang monte à la tête, elle en est recouverte. On ne fait pas l'amour quand on a ses règles. D'où tient-elle cette conviction ? Elle tente de voir les dégâts entre ses jambes. Son jean doit se foncer, le sang gagner la matière. Elle croise et décroise les jambes, ses pieds s'enfoncent dans une bouillie épaisse. La voix du professeur s'estompe.

À la fin du cours, elle se précipite aux toilettes, sa veste attachée autour de la taille. Sa culotte est sale. Son jean n'est pas taché, elle en était pourtant persuadée. Elle doit repasser chez elle, se changer, prendre une protection. Ce mot la trouble. Sa mère ne sera pas disponible pour la reconduire à la patinoire. Elle ne sait pas s'il y aura un bus. Elle ne veut pas rater l'entraînement. Est-ce qu'elle le dira à Christophe ? Et si elle manquait pour une fois ? Nous sommes lundi. Le jour où. Est-ce qu'ils feraient autre chose ?

De retour chez elle, elle lave sa culotte à la main. Elle se hâte, convaincue qu'elle ira à la patinoire. Elle peine à faire disparaître les taches, penchée au-dessus du lavabo. Elle aurait pu la nettoyer plus tard, pourtant elle le fait maintenant. Elle frotte intensément, ça irrite la peau. Les mains, trop longtemps dans l'eau, deviennent fripées et laides. Des larmes tombent dans la mousse, font des petits trous et un bruit léger. Elle n'ira pas à l'entraînement. Les taches ne s'estompent pas, elles lui résistent.

Laurence s'enferme dans sa chambre dont le gris, en fin de journée, prend des teintes plus mates.

Elle entend son père et son frère revenir à la maison, ils remuent des affaires dans le placard de l'entrée. Pourquoi font-ils tant de bruit ? Tout est disproportionné. Elle a mal au ventre comme si on se posait dessus. Elle aurait dû aller à l'entraînement.

À la télévision, on fête le premier anniversaire du tunnel sous la Manche. Les voyageurs peuvent rejoindre Londres depuis Paris en deux heures et quinze minutes. Chacun y va de son commentaire, témoignages d'appréhension ou d'émerveillement. Laurence voudrait s'engouffrer dans le tunnel, vivre la nuit en plein jour. Il paraît que les oreilles bourdonnent. Elle scruterait la lumière, une pointe blanche qui grossirait de plus en plus. Arriver dans un nouveau pays, parler une autre langue. Elle s'habillerait différemment et se teindrait les cheveux. Elle s'évaderait d'elle-même.

Le secret

Une phrase de Rémy, à peine a-t-il raccroché le téléphone, suffit à tout déconstruire. Il annonce un report de l'un de ses déplacements. Les plans de sa femme annulés : marche, plage, excursion en mer, les remparts de Saint-Malo… Le week-end en famille attendra. Laurence ne souhaitait pas y aller. Ce changement la satisfait.

Guillaume s'assoit à côté de sa sœur. Tous les deux, dans le creux central du canapé. Elle le pince affectueusement à la taille pour lui redonner le sourire.

– Viens, j'ai quelque chose pour toi.

Laurence emmène son frère dans le garage. La porte refermée rend inaudibles les paroles de leur mère. Elle le dirige devant l'aquarium des tortues.

– Je te les donne. Je peux te faire confiance ?

Il est tout excité par ce cadeau. Il en attrape une avec délicatesse, la sort de l'eau. La tortue remue ses pattes. Il la retourne, elle se fige.

– C'est toi qui l'as décorée ?
– Oui.
– Je ne te crois pas. Maman dit que ce n'est pas vrai.
– Maman ne connaît pas tous mes secrets.

Il refait les mêmes gestes pour la seconde tortue. Laurence déplace quelques affaires et pose l'aquarium sur l'étagère à hauteur du garçon.

Leur mère a dû disparaître quelque part dans la maison. Sortir le linge de la machine et se servir un café. Puis annuler la réservation du gîte, celle de l'excursion, retourner voir quand même dans la revue à quoi ressemblent les remparts de Saint-Malo.

Christophe prononce son prénom. *Laurence* existe. *Laurence* est vivante. Palpitante. Elle se grandit, pousse sur ses jambes, tend tout ce qu'elle peut tendre. Le cou, le front, peut-être même la racine des cheveux. Elle offre sa poitrine au ciel de la patinoire. Plafond de bois et de métal. Les néons suspendus sont dirigés vers elle. La vigueur avec laquelle Christophe prononce son prénom pèse plus fort que le poids de son corps sur elle. Sur la glace, Laurence existe pour de vrai. Faite de chair, de peau, de muscles. Elle patine, elle se donne. Le corps offert. À happer.

La piste, le bureau, deux mondes. Laurence oscille, passe d'un extrême à l'autre. Le mouvement, l'immobilité. Pulsion de vie, effacement. Christophe frotte son sexe contre le bas du justaucorps avant de l'écarter de la main. Il la pénètre, pourtant elle ressent plus que jamais cette distance entre eux. Comme s'il n'était pas en elle. Existe-t-il un autre lieu d'elle qu'elle ignore ? Laurence dédoublée.

De quoi est fait l'espace entre leurs corps pourtant plaqués ? Est-ce vide ou plein ? Le calendrier punaisé au mur fait diversion. Les vêtements se cramponnent à la chaise. Laurence saisie sous les cuisses massives de Christophe.

Est-ce qu'on se verra pendant les vacances d'été ? Peut-elle lui demander après ? Leurs jambes pourraient s'entremêler. La tête de Christophe pourrait se poser, elle recevrait son cou sur les lèvres pour l'embrasser. *Est-ce que tu m'appelleras au mois de juillet ? Est-ce que j'irai chez toi ?* À la place des questions, ce sont ses mots à lui, toujours les mêmes dorénavant :

– Personne ne doit savoir.

Laurence tourne le visage vers la porte, elle sait que ça va bientôt se terminer, car la minuterie du couloir vient de s'éteindre. Elle aimerait passer sous la moquette et la remonter sur elle comme on le fait avec une couverture.

Le hall de la patinoire est transformé à l'occasion de la fête du club. D'un côté, une grande tablée agitée. Les adultes mangent, boivent, se font passer les plats de salades et de charcuterie. De l'autre, des chaises abandonnées, en pagaille, des assiettes à demi remplies. Les patineuses ne se sont pas attardées, elles sont dans les vestiaires. La fin de la saison donne l'occasion de revendre les justaucorps aux plus jeunes. Elles essaient, échangent, comparent, hésitent devant les miroirs. Les commentaires résonnent dans les vestiaires, mais les adultes bruyants n'entendent pas.

Des tas de vêtements recouvrent les bancs. Une petite fille s'allonge dessus. Le pouce dans la bouche, elle observe les autres. L'une des adolescentes lance l'idée de comparer leur écart entre les cuisses. Plus il est grand, plus cela veut dire qu'elles sont minces. Les miroirs jugent sans concession. Les aînées transmettent les bons conseils, les petites sont en admiration. Elles obtiennent l'autorisation de leur mère de se faire maquiller par les grandes. Elles s'étonnent de leurs transformations. Certaines ne se reconnaissent pas, l'hystérie générale étouffe les petits malaises.

Le gala débute à 16 heures, la présidente du club prend la parole et toutes les patineuses défilent sur la glace. Les prénoms s'enchaînent sur un fond envahissant de musique. Une par une, elles traversent la piste. Elles ressemblent au portant où se soldent les justaucorps. Aucune ne sort du rang. Elles sont pailletées autant que leur tenue et coiffées avec plus d'extravagance que lors des compétitions. Les parents applaudissent. La patinoire pétille. Laurence est mise à l'honneur. Elle offre une chorégraphie de six minutes pour clore le gala. Christophe entre sur la piste, il est acclamé. Les patineuses l'encerclent. Il regarde avec attention chaque dessin offert par les plus jeunes. Laurence lui remet un bouquet de fleurs au nom de l'équipe. Ils se font la bise. Les parents profitent de ce moment pour une photo collective.

Toutes reçoivent des posters et des accessoires pour leurs cheveux. D'autres objets sont vendus dans le hall au profit du club. Celles qui souhaitent se réinscrire pour la saison prochaine peuvent le faire dès maintenant.

Laurence vide à l'obsession son armoire. Chaque jour, elle se débarrasse d'un vêtement. Un corps trop grand, trop mature. Un décalage entre sa tête, sa vie, son corps, sa chambre. Un jeu de ficelles tendues devant elle. Elle se tortille pour passer entre elles, sans les toucher, sans revenir en arrière.

Les vacances

Cet été-là, elle ne s'allonge plus dans le sable pour dessiner de ses bras et de ses jambes une étoile. Elle étale une grande serviette aussi prétentieuse qu'elle. Elle veut se coucher tard, gagne quelques minutes chaque soir comme le soleil du mois de juin. Elle ne veut plus faire sauter son petit frère sur ses pieds. Elle se met à table avec les adultes et accentue le déhanchement de sa démarche lorsqu'elle débarrasse.

Elle s'habille, se déshabille, comme si ce geste répété dans la chambre pouvait attirer Christophe jusqu'à elle, ou seulement faire venir la sensation de son regard. Le justaucorps, elle le sort quand elle est sûre de ne pas être dérangée. Elle se regarde l'enfiler pour voir ce qu'il voit. Elle fait ce qu'elle n'ose pas avec lui, gémir, balancer ses hanches, frotter son sexe avec un oreiller qu'elle fait aller et venir.

Dans le camping où toute la famille de sa mère se réunit pour deux semaines au mois d'août, elle fait des ravages. On dit qu'elle a changé en un an. « C'est une jeune femme maintenant. »

Elle porte des brassières en guise de T-shirt et un short en jean très serré. Elle peut s'y frotter l'air de rien. Sa mère la dévisage à chacune de ses apparitions, le regard mêlé d'accusation et de jalousie. L'été de ses seize ans, Laurence Maury a un corps bien proportionné, musclé, ferme, à l'image de celui des patineuses sur les posters. Sa taille, ses hanches sont enviables. Elle élimine les poils, les boutons, les rebuts du corps. Faire peau rase. Le corps est perfectible. Elle bronze aux heures brûlantes du jour. La peau brunit, se durcit. Que perd-elle en suant ? Seuls les grains de beauté ne s'effacent pas ; mais tout le reste, elle y veille. Elle se scrute. Une surveillance d'elle-même sans compromis. Ses tantes l'encouragent, fières de transmettre leur savoir à l'aînée des nièces.

Laurence se fixe par jour une quarantaine de minutes de nage. Soit huit allers-retours du rivage à la plateforme. Elle refuse de s'appuyer à la bouée. Elle la touche du plat de la main et, malgré l'envie de relâcher l'effort ne serait-ce que cinq secondes, elle fait demi-tour et fixe la plage, la tête à la surface de l'eau. Les lèvres au-dessus, au-dessous. Elle lape la mer, la fait sienne. Elle est ici sans corps, sans famille. Elle n'appartient à personne. Ne pèse plus. Rien ne pèse sur elle. L'océan est vaste. Il lui arrive de fermer les yeux pour voir si les vagues la dévient. Quelques secondes d'abord. Elle s'oblige à ne pas les ouvrir mais c'est plus fort qu'elle. Puis plus longtemps. Le décor s'estompe dans les paupières. Si elle avait le pouvoir de mettre un voile sur le monde… Être en dehors. À la lisière. Elle cesse tout mouvement. Le corps flotte, à plat ventre sur les vagues qui la soulèvent sans la renverser. L'intuition de ne plus être. De là-haut, elle ne ressemble pas à un corps. Un amas de matière peut-être. Ou juste une ombre provoquée par un oiseau.

Au camping, Laurence se douche et juste de l'autre côté, séparés par un mur qui ne monte pas jusqu'en haut, ce sont les hommes qui se lavent. Elle prolonge ces moments d'intimité dans un contexte totalement impudique. C'est excitant. Penser qu'un homme nu se trouve là. Se savonnant, se frottant. Un corps musclé et mat comme ce qu'elle imagine du corps de Christophe. Peut-être que l'un d'entre eux, à la force des bras, va passer son visage au-dessus du mur. La trouver belle. Est-elle belle ? Elle lève les bras au-dessus de sa tête. Les aisselles séduisent le voyeur. Elle appuie des dizaines de fois sur le bouton poussoir pour que l'eau coule encore. Ses seins et le bas de son ventre sont blancs.

Les poils de ses bras blondissent, comme ceux sur le ventre. Elle dessine des ronds autour du nombril. Le jet lui masse le cou et tombe de part et d'autre du visage. Les caresses de l'eau sur ses seins l'excitent. Elle lève le regard, personne au-dessus. Elle en pleurerait. Elle est la plus ridicule des filles, obsédée par Christophe. Son absence de sourire, de tendresse. Elle sait bien qu'il n'en a pas envie. Elle est lucide tout à coup comme si cela avait toujours été évident. Elle peut rendre l'eau encore plus brûlante, elle le fait. Elle la reçoit comme des coups de bec d'oiseau sur les épaules. La peau rougit. Les jambes gonflent.

Derrière la porte, une file de femmes, seulement vêtues d'un maillot de bain et d'une serviette de toilette jetée sur l'épaule. Elles bavardent de tout et de rien pour que l'attente paraisse moins longue. Les murs sont humides. L'eau savonneuse s'écoule dans les canalisations.

Laurence se dirige vers la caravane, elle a besoin que sa mère y soit ou une tante ou quelqu'un. Personne. Elle s'enferme et voit son image dans le miroir étroit fixé derrière la porte. S'embellir ou s'enlaidir ? Que veut-elle à la veille de ses dix-sept ans ? Elle fouille dans son placard pour prendre le justaucorps. Elle l'enfile à l'envers. Le tissu entre dans la fente de ses fesses, elle tourne sur elle-même. Elle adopte le regard de sa mère et voit comme Laurence Maury est provocante. Les fesses lui semblent flasques, leur blancheur les rend plus laides et obscènes. Ses seins sont à découvert. Ils sont vulgaires. Elle pleure en nouant les fils dorés inversés sur la hanche. Un sentiment de culpabilité. Les rideaux au-dessus de l'évier remuent comme s'ils annonçaient l'arrivée de quelqu'un. Elle se dépêche de s'habiller normalement. Personne ne la surprend dans cet accoutrement. La caravane vibre. Ce jour-là, comme les autres jours, le vent souffle.

La chaleur est suffocante, même ici en bord de mer. En appartement, cela doit être insoutenable. Laurence pense à Christophe. Tenter de maintenir une température correcte. Son petit en nage peut-il s'endormir ? C'est difficile à supporter un enfant qui pleure continuellement. Plus il pleure, plus il a chaud, plus il est impossible qu'il s'endorme. Laurence imagine Christophe empoigner son fils par les aisselles, le porter à hauteur de son visage. À bout de nerfs, coupable de ne pas réussir à apaiser l'enfant qui perd de sa rondeur. Les gencives saillantes, la bouche démesurément ouverte. La glotte tremblante menace Christophe tel un chien agressif. Tout l'immeuble braille. Christophe est-il capable de rassurer son fils ? Et si la gorge du petit ne déglutissait plus ? Un trop-plein. Une saturation. L'enfant, devenu rouge, pourrait passer de l'autre côté, là devant les yeux sidérés de son père. Secouer les bras. Renverser les meubles, les objets, le lit. Brutaliser l'appartement. Claquer les portes et casser les fenêtres. Des petits vaisseaux éclateraient dans les yeux de Christophe, ils auraient la couleur de l'enfant.

La robe blanche

La robe moulante, elle se l'achète. Blanche. Quarante-cinq francs. Portée sans soutien-gorge, elle laisse transparaître l'aréole des seins. Elle est longue jusqu'aux chevilles et ouverte sur le genou droit. Laurence pourrait la fendre davantage. D'un geste sec, sans précaution, arracher le tissu et découvrir la cuisse. Quelle différence avec ce qu'elle dévoile lorsqu'elle est en justaucorps ? Sa cuisse n'est-elle pas la même ? Un pas exagérément grand pourrait déchirer la robe. Ou un saut. Un saut écarté. Elle s'imagine patiner avec cette tenue devant Christophe. Nue sous la robe. Le tissu étiré par les mouvements collerait à la peau, dessinerait le triangle de son sexe. Elle n'aura plus peur avec lui.

– Tu ne vas pas sortir comme ça !

Laurence soutient le regard de ses parents, affirme ne pas vouloir se changer. Les tantes minimisent et rappellent qu'elle aura bientôt dix-sept ans. L'adolescente déambule dans les allées du marché, vêtue de la robe blanche, portée très près du corps, fendue sur la jambe droite au-dessus du genou. Son incongruité la satisfait. Elle se surprend elle-même dans cette aisance. Évelyne ne supporte pas d'avoir sa fille dans son champ de vision. Elle a amassé sur elle-même plusieurs couches de vêtements malgré la chaleur. Elle lui dit à deux reprises de se contrôler, car elles sont regardées.

Laurence se souvient d'un après-midi où elle jouait avec Sabine. Elles ont neuf ou dix ans, elles enchaînent des roues dans le parc. Elles prennent appui sur le muret, leurs jambes passent au-dessus de leurs têtes et elles terminent les acrobaties dans la fontaine. Les maillots se soulèvent et dévoilent les peaux. Évelyne les surveille. Un homme à côté profite du spectacle, le regard insistant. Les deux amies sont trempées. Elles recommencent. Les vêtements mouillés dessinent leurs silhouettes. La transparence des tissus révèle leurs seins et leurs ventres. Évelyne marche d'un banc à l'autre sans jamais s'asseoir. Laurence a compris plus tard le malaise de sa mère. Pourquoi n'est-elle pas allée gifler cet homme ? Pourquoi n'a-t-elle pas quitté le parc avec les filles ? A-t-elle pensé que l'indécence venait d'elles ? Évelyne n'a rien fait. C'est l'homme qui a fini par partir.

Pour le retour, c'est comme d'habitude. Rémy préfère partir en fin de journée et conduire la nuit. Les bras tendus, il empoigne avec fermeté le volant.

Laurence aimerait se mouler sous les aisselles de son père. Ce qu'elle aimait se placer contre lui quand elle était petite. Une cabane, des parois en peau. Un refuge. Aujourd'hui, elle mesure un mètre soixante-dix. Elle feint d'être dans sa bulle avec ses écouteurs. Elle retourne le Walkman pour que Guillaume ne remarque pas la cassette fixe. Elle est triste sans savoir pourquoi. Ce qui compte le plus pour elle, elle s'en étonne, c'est d'être avec son père, sa mère, son frère, en ce moment précis, pour un trajet qu'elle voudrait plus long encore. Cet habitacle comme un socle commun. Un silence réconfortant.

Lorsque la famille Maury rentre chez elle, il reste deux semaines de vacances avant la rentrée. Des mauvaises herbes ont poussé dans les fentes de la terrasse. Laurence se demande comment c'est possible qu'elles, si frêles et assoiffées, percent le bitume. Elle les arrache une par une. Elles sont tenaces, incorporées au sol. La reprise des entraînements a lieu dans une semaine. L'attente vire à l'obsession, elle a la consistance des ongles rongés. Des petites inflammations au bout des doigts suscitent l'intérêt de son père.

– C'est l'année de la terminale qui t'inquiète ?

Il pose cette question sans considérer que c'en est vraiment une. A-t-il envie de savoir ? Une autre explication l'affolerait. Sa fille lui est étrangère.

La rentrée

Est-ce que quelqu'un peut entrer dans sa tête et lui dire de quoi est fait ce chaos dû à l'annonce de l'absence de Christophe ?

– Il a des soucis personnels. Il ne pourra pas assurer la reprise des entraînements. Il reviendra mais il ne sait pas encore quand…

De quoi est fait le trouble qui la submerge ? De honte ? De soulagement ? Se peut-il qu'une partie d'elle manque terriblement de lui et qu'une autre le rejette ? Pourquoi se rue-t-elle sur ces gâteaux salés alors qu'ils l'écœurent ? Pourquoi ses joues sont-elles brûlantes ? Et ses paupières ? Et l'intérieur des yeux ? Évelyne tente de consoler sa fille mais un monde les sépare. Ses paroles se dissipent dans l'air soudainement frais de la chambre en cette fin d'été.

Évelyne se souvient du premier justaucorps. Laurence avait sept ans. Elle avait retardé l'achat malgré les réclamations de l'enfant. Elle avait souhaité que sa fille fasse au moins six mois de patinage pour être sûre qu'elle aimait ce sport. L'achat du justaucorps était une récompense, l'assurance qu'elle continuerait. Blanc nacré, traversé par une ligne violette pailletée. Laurence avait dormi avec, le premier soir. En embrassant sa fille, Évelyne l'avait remarqué sous le pyjama, mais elle n'avait rien dit. La vision de la fillette endormie, dix ans plus tôt, est si nette à ce moment précis. Elle pourrait être réelle. Une plénitude qui est exactement le contraire de ce qu'elle ressent aujourd'hui. Elle a l'impression d'être à ras le sol, de ne pas réussir à avancer. Elle se fige derrière la porte, profondément tourmentée. L'anxiété bloquée dans le menton. Elle laisse sa fille inconsolée.

Laurence manque à l'appel. À l'heure où débute le stage avec un entraîneur de substitution, elle est dans son lit, tournée sur le côté, les genoux relevés, l'angoisse dans le ventre. Chacune de ses mains agrippe le bras opposé et serre, serre le plus possible. Les murs font bloc. L'agitation de la maison vient de cesser : ses parents reprennent le travail, Guillaume est déposé au centre aéré pour la journée. Les filles s'échauffent dans la salle d'entraînement. Christophe est quelque part, occupé à des choses personnelles. Tout le monde est occupé. Même ceux qui dorment encore sont occupés. Laurence est seule, abandonnée du monde, effondrée de l'intérieur. Nous sommes le 29 août 1995. Elle fêtera ses dix-sept ans exactement dans une semaine.

L'absence n'est que de courte durée. Il revient dès le troisième jour du stage. L'homme qui hante ses pensées. L'homme devant qui elle se sent être une femme. Christophe est revenu. Son obsession. Sa chair. Sa douleur. Son manque. Son désir. Christophe. Le front dégagé. La peau rasée et lisse. La gorge révélée et magnifique. Un bonheur violent envahit Laurence.

Elle se précipite ce matin-là à la patinoire, contradictoire et ridicule. Son refuge n'étant plus son lit, mais ici, à la patinoire, maintenant qu'il est revenu. Christophe. Dans quel trou a-t-elle cru tomber ? Deux mois de séparation. Comme s'ils allaient, après cette absence, se réinventer. Elle y croit, hargneuse avec ses nouvelles baskets et son T-shirt rouge. Le justaucorps sous ses habits. Elle rit nerveusement dans le bus. Elle est à l'avant près du conducteur. Cramponnée à la barre, aucun à-coup ne la déséquilibre. L'excitation lui fait hâter le pas. C'est comme si elle pouvait enjamber les autres passants. Elle est déchaînée. Vaillante jusque dans les moindres petits muscles qui la composent.

Les regards échangés avec Christophe la rendent délirante. Elle patine la bouche ouverte, assoiffée.

La reprise est douloureuse. Le corps doit se réhabituer. Les heures d'entraînement se fixent sur les muscles. Comme des tiques, elles s'accrochent sous la peau, mordent sans douleur immédiate, diluent un effet qui se propage dans la cuisse, le mollet, les abdominaux, l'épaule. Les heures de travail se meuvent en courbatures, la réveillent la nuit au moindre mouvement. C'est le prix à payer. Rien ne lui importe plus que de retrouver Christophe. Laurence Maury a dix-sept ans, elle est en classe de terminale, elle patine quatorze heures par semaine, quatre jours sur sept. Elle ne supporte pas les temps de pause, les filles trop lentes, trop bavardes. Elle est en tenue à l'heure exacte, elle n'accepterait pas de perdre du temps. Elle réclame à nouveau la musique, ne laisse aucune place au relâchement. Elle veut patiner jusqu'à la fin de son corps. L'énergie qu'elle déploie doit attirer Christophe vers elle. Il est si loin, évasif, en partance. Elle le cherche continuellement. *Viens. Regarde-moi.* Comme s'il pouvait à nouveau disparaître sans prévenir. Elle s'épuise et refuse toute distraction. Elle sait au fond d'elle qu'elle ne tiendra pas l'année. Il faut à nouveau qu'elle aille dans le bureau. Tout en elle tend vers lui et elle dans le bureau. *Invite-moi.* Elle en est ravagée.

Il la pare. Il la touche. La proximité des corps s'accompagne d'un souffle, d'une injonction. Un hochement de tête donne le départ, elle s'élance, elle n'a qu'une raison de vivre.

– Sans cambrer. Allonge…

Il exige qu'elle recommence.

– Plus légère sur les genoux.

Il la façonne. Sur le terrain du combat, son corps est volontaire, souple, rapide, aérien. Dès qu'elle sort de la piste, il est lourd et informe. Aussi pesant que ces pierres sur lesquelles elle aimait monter en bord de mer. Des pierres stables que ni l'océan ni le vent ne font bouger. Dans une même heure, lourdeur et légèreté. Ces contrastes l'épuisent.

II

DIX-SEPT ANS

Le justaucorps

Laurence et Sabine ne sont pas dans la même classe. Cela n'était pas arrivé depuis l'année de quatrième. Laurence y voit un signe. Elle est confortée dans sa volonté de rompre avec l'adolescence, la sienne et celle des autres. La tête en avance sur le corps. Bien obligée d'être là, assise dans des salles de classe qui se succèdent et se ressemblent. Elle est observatrice, le décor est factice. Tous ces êtres jouent un film avec des entrées et des sorties planifiées, régulées, orchestrées par une équipe de scénaristes. Le film du lycée se répète inlassablement du lundi au vendredi. Les rôles distribués sont parfaitement interprétés. On pourrait presque y croire.

Celui-ci mange seul, chaque jour. Une fois son plateau rempli, il se dirige systématiquement vers les premières tables et s'assoit dos aux autres. Ceux-là entrent dans le self, très agités et affamés, ils commentent chaque plat et n'hésitent pas à retourner chercher un supplément. Ils ont toujours un bon prétexte pour être debout et bruyants. Leurs gestes sont amples et encombrants. D'autres montrent de l'agacement à leur égard. Celui-ci mange très peu, il met ses ongles à la bouche sans les casser. Elle, elle parle tout en ingurgitant des quantités de pain. Ses jambes se secouent comme si c'étaient elles qui avalaient. Ces deux-là attendent dans le rang, bras dessus bras dessous, deux sœurs siamoises. Elles s'habillent pour se ressembler. Lui et elle s'installent côte à côte. Absorbés par eux-mêmes, manger ne les intéresse pas. Le personnel de cantine est soit moqué soit ignoré. Laurence s'imagine inverser ces rôles bien établis.

À la sonnerie, les rangs se forment comme des fourmis organisées, les personnages s'agglutinent dans les salles de cours. Laurence veut mettre la pagaille dans la fourmilière, sentir les petites créatures désorientées.

Le justaucorps ne pèse rien. Le poids d'un foulard ou d'une poignée de cheveux, ceux de l'enfance gardés jusqu'à l'adolescence. Laurence a envie de les couper. Le crâne rasé serait content de voir le soleil. Elle noue et dénoue les fils dorés du justaucorps. Caresse le relief de la cuisse et écarte le tissu entre les jambes. Debout, accroupie, allongée, assise au pied du lit ou sur une chaise, elle malaxe les lèvres de son vagin. Elle sent, elle goûte. Elle a besoin d'éprouver son corps. Ne pas être Laurence par hasard. Son excitation monte, nourrie par des images de Christophe. La porte de la chambre est fermée à clé. Les murs gris-blanc sont intacts et ne laissent rien passer, complices de son impudeur. Allongée sur le ventre, le bassin monte et descend. Les seins effleurent les draps. Ses pensées se décomposent. Elle veut que ça aille vite. Christophe, le bassin, le doigt, la porte. Un son inhabituel de la voix, abrupt, archaïque. Son souffle réchauffe l'oreiller. L'épaisseur de la peau, les veines. Habiter les profondeurs d'elle-même. Pourpre, orangé. Un liquide autour de son doigt. Elle recommencera l'histoire, les caresses, les mots tendres.

D'autres nuits, inversement, elle s'allonge nue dans son lit et place le justaucorps bien à plat sur son torse. Une seconde peau absorbante qui rend la première impénétrable, insensible. Elle dort ainsi, à la surface d'elle-même, se contraignant à ne pas remuer.

Un dimanche, seule à la maison, elle s'obstine à laver le justaucorps. Il trempe dans l'eau mousseuse. Elle le regarde. Est-il sale ? Elle frotte entre les jambes, là où se pose directement son sexe. Une poche transparente. Elle ne comprend pas ce qu'elle est en train de faire. Elle sort le justaucorps, lève les bras et le voit détrempé, lâche, informe. Peureux en quelque sorte. Elle ne supporte pas les questions diffuses qui s'entrechoquent en elle. Elle ne se supporte pas. Elle ne peut pas dire qu'il l'a forcée, non. Elle ne croit pas. Elle n'y pense pas. Elle ne pense qu'à ça. Emprunter le couloir qui la conduit à son bureau. Y retourner pour déjouer sa mémoire. Il disait : « Je peux m'arrêter si cela te gêne. » Qu'est-ce que c'est qu'aimer ? A-t-elle le choix ? N'est-elle pas amollie, soumise ? Accrochée à lui comme une mendiante. Depuis la rentrée, il ne s'est rien passé. Des mois qu'elle n'est pas allée dans le bureau. Elle enfile le justaucorps gorgé d'eau. L'habillage est pénible. Il dure. Le corps sec résiste au mouillé. Elle frissonne. Les pieds sont inondés petit à petit. Le justaucorps dégouline sur son dos, le long de ses cuisses. Elle passe le plat de la main sur le ventre, pour l'égoutter, l'essorer, le plaquer. Répète les gestes. Son corps est couvert d'eau. Elle voit son image dans le miroir. Pleurer ou rire ? Elle quitte la salle de bains, sa démarche est perturbée comme si elle avait un ballon entre les jambes. On ne marche pas naturellement avec un justaucorps trempé sur soi. Elle laisse des traces d'eau dans le couloir, entre dans sa chambre, s'allonge sur le drap, se relève et regarde la marque d'elle sur le lit mouillé : une silhouette incomplète, méconnaissable. Elle paraît toute petite et très large. La chambre, peu encombrée, intensifie sa médiocrité. Elle n'est pas grand-chose.

Elle se place dans le carré de lumière, en bas de la fenêtre. Assise par terre, le menton contre les genoux, l'humide de la peau sur sa bouche. Ses paupières lui donnent à voir un paysage sombre, profond. Elle est happée par un roulement. Sa peau mouillée glisse contre les parois friables d'un tunnel. Elle se recroqueville. Des sursauts de rire nerveux, incompréhensibles. Elle attend de sécher dans un écoulement continuel de larmes.

Elle essaie d'oublier cette expérience de l'amour sans la peur avec ce garçon, au camping, dans un état léger d'ivresse. Il s'appelle Seb, il a son âge. Il est sur elle, les avant-coudes posés autour de son visage. Elle touche le bas de son dos poilu de manière inégale, suit la ligne de la colonne vertébrale. Elle pose ses lèvres dans son cou. Une peau plus fine à cet endroit. Elle sent son pouls. Il lui embrasse les cheveux, les paupières, les joues, les oreilles avec envie. Il regarde sa bouche. Abandonnés tous deux dans ce long baiser. Nus et souriants de tout leur corps. Il veut venir en elle, lui parle de préservatif. Les mouvements sont circulaires, ondulants, ils l'enroulent, prennent ce qu'elle a de plus beau pour le lui rendre. Le temps n'avance plus. L'amour sans peur. Sans hâte. Avec un sourire, leurs yeux ouverts. Une sensation de boucle. Ni début ni fin. Une ivresse légère. L'alcool adoucit les sensations. Elle se convainc que son souvenir est réinventé, embelli. Le désagréger, car il en dit trop de sa relation avec Christophe. Oublier.

La sortie nocturne

Des gestes tendres, des repas prolongés et des portes grandes ouvertes. Laurence reste totalement indifférente à ce changement. Guillaume, lui, peut-être par peur que cette fusion inhabituelle entre ses parents ne s'arrête trop vite, passe tout son temps avec eux. Ils forment tous les trois une famille qui pourrait exister sans Laurence. Si Guillaume était venu le premier, Laurence serait-elle née ? Sa mère a-t-elle souhaité ne serait-ce qu'une fois qu'elle n'existe pas ? Laurence se souvient d'une absence inexpliquée, très opaque, de sa mère. Elle est partie l'année de ses treize ans. Elle est incapable d'en évaluer la durée mais la période précise, oui. Ce sont des vacances de Noël sans sa mère. Un début d'année sans elle. A-t-elle voulu fuir cette nouvelle année qui commençait ? Pourquoi est-elle revenue ? Quel échec ? Quelle promesse ? Sa mère aurait-elle été capable de fuir et ne plus jamais revoir ses enfants ? Le tableau du couple avec le garçon, dans le salon, en train de jouer aux cartes lui paraît tellement artificiel et niais. Laurence aurait aimé avoir une enfance tourmentée. Une adolescence perturbée à l'âge de treize ans par le départ définitif d'une mère capable d'abandonner ses propres enfants. Elle les regarde encore tous les trois. Est-ce possible de ne plus les supporter et vouloir, l'instant d'après, les rejoindre ?

Ses parents et Guillaume vont s'absenter deux jours, le week-end suivant. Elle peut venir avec eux si elle le souhaite.

– Avant l'hiver, se remplir du bon air de la mer.

Par fierté, elle dit non. Les sorties en famille, plus pour elle. Elle restera seule. Ils partiront le vendredi quand elle sera encore à l'entraînement. Elle trouvera le premier soir, comme prévu, le portail ouvert, le plat cuisiné déposé dans le micro-ondes.

L'immobilité de la maison l'effraie. Le décor familial lui est étranger. Les traits du visage de Laurence sont tirés. Elle évite sa chambre, les murs pourraient l'engloutir dans un néant qui la séparerait définitivement du monde des vivants. Guillaume, son père, sa mère, tous les trois, confiants, épanouis, la peau salée et le teint hâlé. Elle s'allonge sur le canapé, tous deux pâles. Le corps noué la maintient éveillée longtemps.

Le second jour, après l'entraînement, Laurence se jure de ne pas renouveler l'expérience désastreuse de la veille. Elle ne veut pas être seule, surtout pas. Christophe l'a mise en furie. Il la traite comme les autres. Il demande à toutes de se dépêcher, il est nerveux, pressé de quitter la patinoire. Laurence rentre chez elle, ferme les volets malgré le jour. La musique est forte. La voix de Kurt Cobain peut bien prendre toute la place, elle n'a pas peur ce soir. Elle ne restera pas seule. Elle s'habille en noir, le jean le plus serré, la ceinture tendue jusqu'au quatrième trou. Elle déambule dans la maison, ouvre et claque les portes, décidée à ne pas se laisser saisir par les doutes. Elle secoue les coussins avachis du canapé sur lequel elle a dormi lamentablement la nuit précédente. À la fin du morceau, elle fuira. Le temps d'accentuer le maquillage. Le trait noir sur les paupières s'épaissit. Elle serre sa ceinture et gagne un cran. Elle est dehors.

D'abord de bus en bus, puis à pied. La fugue est sérieuse. Laurence est grave. Elle fait plus que son âge. Elle marche, déterminée, comme ces filles qui avancent avec des gros chiens muselés. La nuit soutient le regard. Les hommes croisés ont l'allure de Christophe. Elle est à l'affût de lui.

Elle regarde l'intérieur des bars. Attirée par l'agitation, elle entre dans l'un d'eux. Une musique étourdissante envahit le lieu. Le nuage de fumée lui plaît, tête et corps sont dissociés par cette masse blanche. Elle feint d'être très à l'aise, s'assoit sur un tabouret haut, devant le comptoir. Ses habits noirs parlent pour elle. Les gestes du barman sont rapides. Elle tourne le dos et attend qu'on empoigne ses cheveux. Il caresserait le pantalon, la soulèverait du siège en glissant la main dans sa culotte. Un brouhaha s'élève du fond de la salle. Elle est ignorée. Elle sort, se fuyant elle-même, mais elle se rattrape toujours.

Laurence longe des murs puant l'urine, elle les respire malgré elle. Elle est saisie de dégoût à l'idée que des hommes exhibent là leur sexe pour pisser.

Elle s'assoit au premier arrêt de bus, face à un grand immeuble, sans aucune notion de l'heure. Dans la nuit, les fleurs aux balcons n'ont plus de couleur. Elles ont des envies suicidaires. Une camionnette s'arrête. L'homme l'interpelle, le visage dévoilé par à-coups au fur et à mesure qu'il fait descendre manuellement la vitre, comme un petit personnage de théâtre qui apparaît à un castelet. Il la connaît, semble-t-il, il propose de la reconduire chez elle. Un nuage reste suspendu devant sa bouche. Elle le connaît aussi mais ne sait plus bien. Qui est cet homme ? Elle cherche et pendant ce temps, dans le véhicule, elle ne parle pas. Son corps transpire des odeurs lourdes et chargées du bar. Il dénonce sa fugue secrète. Elle veut que personne ne sache. L'homme étrangement muet remonte la vitre, il fixe la route. À l'arrêt, au feu, le silence gagne l'habitacle. Les épaules de Laurence sont douloureuses, comme des poids de vingt kilos de chaque côté. Elle a une mauvaise intuition. Un carnet est ouvert : bons de livraison, dates, adresses, poids et signatures.

Il se gare devant une grande porte métallique et descend. Il est plus petit qu'elle ne l'imaginait. La porte coulisse, une silhouette apparaît. Les deux hommes se serrent la main. Des caisses sorties de la camionnette.

– Du porc et du veau, dit-il à Laurence en remontant dans le véhicule.

– C'est vous qui découpez ?

Elle voudrait le voir entailler avec précision, passer de l'autre côté de la peau. Extraire la graisse, récupérer le sang. Est-ce qu'elle pourrait essayer ?

Il n'a plus que deux arrêts, la camionnette se rapproche de chez Laurence. Il augmente le volume de la radio. Sa main vers elle la fait sursauter. Au prochain feu rouge, quand il aura les deux mains agrippées au volant, elle s'enfuira.

Elle s'échappe sous les réverbères. Le sentiment de vide la rattrape. Elle accélère, attaque la nuit, se venge sur le vent, sur Christophe, sur ses parents.

Elle s'invente Christophe en train de patiner. Il occupe l'ensemble de la piste avec justesse et élégance. L'image est intime. Les paupières fermées décuplent son imagination. Christophe danse devant elle, il virevolte, il passe d'un angle à un autre, se retourne, reprend son souffle, accélère. Elle s'émerveille de lui. Il s'éloigne, se rapproche. Sait-il qu'elle est là ? Laurence a envie de tendre le cou, les lèvres, la langue vers lui. Sa poitrine se gonfle. Happer son air quand il passe rapidement devant elle. Elle reconnaît sa veine dessinée du nez au front, elle l'aime. Lui, tout entier, le corps, la tête, les déplacements. Le sexe bien pris dans le pantalon noir. Il accélère et décolle du sol. Elle a peur qu'il se blesse. Elle est très éprise. La beauté de Christophe, sa fermeté, sa maîtrise. Elle veut tous ces mots et d'autres encore pour parler de lui. Ses vêtements près du corps. Sa bouche. Il provoque un vent chaud sur elle. Elle en est remplie. Elle comprend ce qu'il désire d'elle lorsqu'elle patine. Ça la réconforte.

Ils ne sont que tous les deux. Elle s'avance vers lui. Elle sort le justaucorps du sac. Se déshabiller ici. Lui sur la piste, elle au bord. Soutenir le regard, enfiler le justaucorps à son rythme. Elle en tremble. Après, ils font l'amour sur une piste éblouissante et cotonneuse. Rien ne compte plus que cette vision. Laurence garde les yeux clos. Mâchoire serrée. Deux corps dansent, composent, réalisent l'amour. Rien ne vient troubler le rêve. La fiction s'y déroule.

Sabine

Le journal télévisé déballe les nouvelles du monde, elles glissent sur Laurence qui elle-même échappe totalement à sa mère. Elles sont assises l'une à côté de l'autre, dans ce canapé rajeuni par une housse vert anis, séparées par un mur invisible aussi haut que large. La précédente housse a fini par s'éventrer. Laurence regarde les images sans se sentir concernée. Les lieux, les noms, les événements lui paraissent en dehors de sa réalité. Il reste onze jours dans l'année. Hâte qu'elle se termine. Commencer une nouvelle, celle de ses dix-huit ans. Après le bac, elle partira à Londres ou à Madrid, une année entière, en tant que fille au pair. Pourquoi pas ? Selon un sondage, les Français ont dépensé moins que l'année dernière pour les fêtes de fin d'année. Le journal se clôt par des images d'une troupe de danseurs japonais. Laurence entend le mot « butô ». Des corps presque nus, peints en blanc, sans cheveux, sans poils. Elle est fascinée par la lenteur des danseurs. Les cris sourds. Les remous. Les yeux braqués de certains. L'animalité. La question de l'existence. Pourquoi est-elle ici et pas ailleurs ? Qui est-elle ? Qui est cette femme près d'elle ?

Le premier jour des vacances de fin d'année, Laurence dort chez Sabine. Cela se produisait souvent, avant, lorsqu'elles étaient dans la même classe. Laurence se convainc qu'elle a cédé à Sabine pour lui faire plaisir. Mais c'est elle qui en a profondément besoin. La maison a changé, elle accueille désormais une vieille dame. La grand-mère de Sabine a sa propre chambre, jamais fermée, au cas où. Chaque fois que Laurence passe devant, elle jette un œil. La vieille dame ressemble à un homme. Elle s'agrippe au regard de Laurence, lui fait ralentir le pas.

Sabine raconte qu'elle doit de temps en temps entrer dans la salle de bains alors que l'aide-soignante fait la toilette de sa grand-mère pour apporter une serviette ou un linge propre. Avec des mots crus, elle décrit la peau, le ventre, les poils. Elle a besoin d'évacuer l'image de ce corps.

– Ses seins vides comme des cernes sous les yeux.

Laurence absorbe les commentaires sans dire un mot. Elle a l'impression que la vieille femme s'accroche à elle, les bras amaigris mais tenaces. Sabine conclut :

– C'est violent, quand même.

Elles, elles ne seront jamais vieilles. Un silence épais, tendre, enveloppe les deux amies, rompu par un éclat de rire de Sabine. Elle veut s'arrêter mais n'y parvient pas. Laurence se libère à son tour. Plus elles se sentent coupables, plus le fou rire se prolonge, à en avoir les larmes aux yeux. Elles sont proches à cet instant au point que Laurence sent en elle un espace s'ouvrir. Elle pourrait lui parler de Christophe, lui raconter tout depuis le début. *Est-ce que c'est normal ? Qu'est-ce que tu en penses ?* Les questions ne franchiront pas ses lèvres. Elle ne lui parlera pas de Christophe. Qu'importe. Elles discuteront toute la nuit jusqu'à voir la lumière du jour. Le monde sera endormi, sauf elles, désobéissantes et vivantes. Elles se goinfreront de lait et de céréales à 3 heures du matin. Ça vaut la peine de vivre.

Leurs vêtements en pagaille tiennent en équilibre sur le dossier de la chaise. Les deux bols sont empilés au sol. Endormies dans le lit de Sabine, solidaires et belles dans leur sommeil. Les draps ne recouvrent que les jambes. Les seins relâchés, le visage détendu, les bras ouverts. Les hanches n'ont rien à craindre. Leur peau a l'odeur d'une journée qui commence.

Dans la chambre

Christophe l'invite chez lui.

– Il ne faut pas le dire.

Nous sommes le 4 janvier 1996. Bien sûr, elle n'en parlera à personne. Ce serait, pour lui, une faute, elle en a conscience. Elle ne veut pas le perdre. Elle se prépare depuis si longtemps. Être la seule à découvrir le lieu où il vit. Deuxième étage. Elle rencontre la mère de Christophe, assise à la table de la cuisine, face à un écran noir. Il l'embrasse affectueusement, le baiser d'un fils à sa mère.

– Elle a des beaux cheveux la demoiselle.

Laurence ne sait pas comment se comporter, elle fixe ses chaussures laissées dans l'entrée. Christophe allume la télévision.

– C'est moi qui ai choisi « Christophe ». Un prénom français, je savais que ça l'aiderait. Mon mari n'était pas d'accord, mais il a cédé. À la maison, il le nommait « Bilal ». Dehors, on l'appelait « Christophe ».

Première chaîne, le son est fort. Christophe entraîne Laurence dans sa chambre. Il tire les rideaux. Laurence continue à regarder autour d'elle. Coupes, revues, disques, le lit de bébé.

– Parle-moi de ton fils.

Lui debout, elle assise au bord du lit, petite, toute petite. Les mains lourdes appuient sur ses épaules, il la contraint à se baisser. À genoux.

– Non, je ne veux pas.

Il décide, comme toujours. Ici. À sa façon. Elle n'a pas le justaucorps, le rituel. Et sa mère, à côté. Partir. Son sexe d'homme dans la bouche de Laurence. Malgré elle, avant, arrière. La tête comprimée. Puis il l'allonge. La bouche évanouie. Mourir tout de suite. Il la pénètre, éjacule. Le corps en lambeaux.

Dans la cuisine, trois verres de thé brûlant et quelques gâteaux sucrés attendent sur la toile cirée.

Repas d'anniversaire chez la famille Maury. Laurence ne supporte pas les bruits de la salle à manger qui montent jusque dans sa chambre. Elle cherche des posters, peu importe ce qu'ils représentent, elle doit calfeutrer les murs. C'est vital. Guillaume, par moments, imite le bruit d'une fusée qui décolle. Les sons l'agressent. Il faut aussi recouvrir le sol avec les draps.

Ses déplacements brusques n'intriguent personne au rez-de-chaussée. Évelyne reçoit en cadeau un caméscope, il fait l'objet de toutes les attentions.

Laurence s'est-elle débattue ? A-t-il entendu son « Non » ? L'a-t-elle vraiment dit ? A-t-elle des traces de blessures ? Ses yeux rougissent. Y avait-il un signe annonciateur ce jour-là ? Un oiseau s'est engouffré dans le hall en même temps qu'eux. Il a heurté le mur. Affolé puis recroquevillé dans un coin comme un enfant maltraité. Et la porte de l'ascenseur, anormalement ouverte selon lui. « D'habitude, elle se referme plus vite. » Les portes lui disaient de se sauver, elle ne s'est pas sauvée. Elle est montée, l'a suivi, l'a laissé pénétrer sa bouche, ses entrailles.

Agenouillée, elle bat les draps étalés au sol comme elle aimerait se frapper elle-même. Se punir de ce qui s'est passé. Qu'est-ce qui était différent des autres fois ? L'absence de justaucorps ? Le lieu ? La position ? Tout. Tout. Rien. Des questions en boucle, obsédantes. Celles qu'elle n'ose pas se poser. Son souffle la fuit. Elle pouvait bien se relever, trouver prise sur le lit. Le pousser. Partir. Elle n'a rien fait. De quoi se plaint-elle ? Depuis le temps qu'elle rêvait d'être invitée chez lui.

Les tremblements persistent alors qu'elle a cessé de s'agiter. La crise l'épuise. Elle se frotte les paupières et rejoint la famille au rez-de-chaussée.

Quatre fois par semaine, Laurence part à la patinoire le justaucorps sous ses habits. Les genoux malades de devoir la tenir.

Charlotte continue de prendre du poids. La mémoire du corps est de plus en plus lourde.

La gifle

Évelyne appréhende de rentrer au domicile. Depuis plusieurs mois, Laurence révèle chez elle ce qu'elle a de mauvais. Elle la pousse à bout. Évelyne est nerveuse, elle crie après sa fille, la menace. Elle n'est pas réconfortante. Même laver le linge de Laurence, l'étendre, le plier, lui devient pénible. Selon Rémy, l'adolescente vit une crise passagère, pour Évelyne, Laurence est invivable et inquiétante. Quelle mère peut souhaiter l'absence de sa fille ?

Les courses terminées, il faut bien rentrer. Lorsque Évelyne franchit la porte, Guillaume se débat et braille. Un torrent de cris aussi aigus que désagréables mêlés au rire abject de Laurence. Il la frappe et elle rit exagérément. La scène est improbable. Guillaume est vêtu d'une jupe et d'un chemisier qui appartenaient à Laurence. Elle lui a plaqué les cheveux en arrière. Ils sont brillants. Elle tient dans sa main le caméscope. Évelyne ne sait pas qui elle a envie de gifler. Le garçon court vers sa mère, Laurence les filme et commente :

– Guillaume la fifille à sa maman !

Au début, Guillaume était amusé à l'idée de se déguiser. Laurence lui a fait du chantage pour qu'il accepte. Il s'est même laissé poser du vernis sur les ongles. Maintenant, Laurence est cynique.

– Sais-tu que maman aurait aimé avoir une deuxième fille ?

Évelyne passe la main dans les cheveux de son fils figés par la laque. Elle se met à sa hauteur, tournant le dos à sa fille, mais elle est bien là, arrogante, cruelle. Laurence ajoute, hystérique :

– Voilà à quoi aurait ressemblé ta deuxième fille…

Évelyne en perd tous ses moyens. La gifle part sur Laurence avec une force qui croupissait là. Cette hargne en dit long sur ce que Laurence croit pressentir de sa mère. Elle voulait savoir ce qui l'avait fait fuir cet hiver-là. Une grossesse interrompue. Un autre enfant qu'elle n'a pas voulu garder. Laurence a obtenu une réponse dans le seul but de blesser sa mère. La fendre exactement dans le ventre.

Une moitié de Laurence joue à vivre la vie de Laurence Maury. Examens blancs du baccalauréat, compétitions… Elle excelle dans tout ce qu'elle entreprend. Le corps est au paroxysme de sa jeunesse. Elle est belle et tonique.

Elle accroît son palmarès. Son père filme chaque compétition, chaque podium. Elle se regarde sur l'écran de la télévision jouer les chorégraphies de Laurence Maury. Elle est en représentation au lycée, au club, à la maison, dans les vestiaires. Elle a un orgueil exacerbé.

L'autre moitié d'elle veut mourir, elle veut s'enfouir comme ces peluches qui s'enroulent sur elles-mêmes. Devenir boule pour ne plus porter aucun justaucorps. Enfoncer les seins pour qu'ils ne pointent plus dans la bouche de Christophe. Pourtant il lui dit : « Je m'arrête quand tu veux. » Elle se sent coupable. Elle veut rapetisser jusqu'à ne plus être.

Assise par terre, au pied de la fenêtre de sa chambre, Laurence est immobile. Elle regarde la vitre recouverte par les gouttes de pluie. De manière très régulière, elles se posent, se figent, certaines glissent, une autre prend la place vide. Des fourmillements l'obligent à tendre les jambes et à changer de position. Elle n'a rien d'autre à faire. Attendre l'engourdissement jusqu'à ce que le sexe aussi soit en état de léthargie. Comment couper la circulation du sang ? Créer une tension, se plier en deux. Sentir que ça ne passe plus, que le ventre se refroidit. Mourir par le ventre. Elle voudrait basculer. Arrêter de penser.

Chaque classe de terminale reçoit la visite du Planning familial au cours du premier trimestre de l'année.

Les deux animatrices parlent aux élèves de masturbation, de consentement, de sexualité entre un garçon et une fille, entre deux personnes du même sexe. Elles énumèrent les moyens de contraception, expliquent ce qu'est le sida et distribuent des préservatifs. Elles donnent ensuite la parole à une jeune femme, Stéphanie, contaminée lors de sa première relation sexuelle à dix-sept ans. L'écoute est intense, l'émotion palpable.

Dire non

Laurence est assise devant un grand miroir, la coiffeuse lui demande :

– Alors qu'est-ce qu'on fait ?

– Je veux tout couper.

L'aplomb de Laurence n'est pas pris au sérieux.

– On coupe les pointes, deux, trois centimètres ?

– Non, on coupe tout court.

– Qu'est-ce qui te prend ? Tu vas le regretter. Tu as des beaux cheveux... Regarde un peu... Je te retire cinq bons centimètres, tu veux ?

Laurence est à bout de nerfs. Elle est prête à la supplier de couper tout court, à se lever, la regarder droit dans les yeux et lui déclarer : *Écoutez-moi, ce que j'ai à dire est tellement grave.*

La cliente installée à côté s'en mêle :

– Une jeune fille aux cheveux courts, ce n'est pas joli. À mon âge, je n'ai plus le choix, mais si je pouvais avoir des cheveux longs comme toi, ce que j'aimerais...

Laurence n'arrive pas à prononcer un mot. Des larmes montent. Elle ne supporte pas le tutoiement de cette vieille dame qu'elle ne connaît pas. Elle ne supporte pas que la coiffeuse nie sa demande. Celle-ci lui propose d'aller au bac pour le shampooing. La tête inclinée vers l'arrière, les larmes coulent directement derrière les oreilles.

Revenue devant le miroir, elle se voit offrir un chocolat chaud. Cinq centimètres de sa longueur de cheveux tombent au sol.

Laurence prend ses patins. L'ouverture est noire et profonde, elle l'agrandit de la main pour glisser son pied. Elle voudrait s'y engouffrer entièrement. Le passage des chevilles est douloureux. La tête penchée en avant provoque un vertige, comme si le vide était sous elle.

Elle traverse le couloir non éclairé, sur la pointe des lames, les mains en appui contre les murs. Elle n'est pas certaine d'arriver au bout. Elle descend sur la piste, longe les bords. Elle travaille la vitesse, c'est ce qu'il lui demande aujourd'hui :

– La vitesse sur toute la longueur… Maintiens la vitesse… Le menton relevé.

Frôler les bords. Une envie irrépressible de s'y fracasser. De patiner dans le noir. Elle avale de l'air pour étouffer son cri. Laurence. La vitesse de Laurence. Le vent provoqué par son passage, le passage des autres, celles qui l'ont précédée sur la piste, celles qui viendront après. L'ombre de Charlotte, celle qui ne patine plus. Laurence vêtue du justaucorps, dans le bureau. L'angle du meuble aiguisé. La fenêtre à peine ouverte, malsaine. Le calendrier. Le corps docile, planté là comme un objet.

– Accélère !

Tacher la moquette, laisser des ronds de sang. Se blesser à la cheville. Au genou. Pire, se briser la colonne vertébrale. Laurence invalide, inconsciente, insensible. Plus de jambes, plus de sexe. Le justaucorps pour quelqu'un d'autre.

– Un entraînement lamentable. Tu n'y es pas du tout.

Après, il lui demande de le rejoindre dans le bureau. Quitter les patins. Faire semblant de partir. La bise aux filles. Laurence disparaît dans le couloir, se traîne jusqu'à lui.

– Je ne veux pas. Non.

Elle s'entend le dire. Elle le dit. Elle lui dit que non, elle ne veut pas. Elle n'a pas fait un pas dans le bureau. Lui est à contre-jour, il fume à la fenêtre. Les bruits extérieurs envahissent la pièce, comme un rempart. Elle ne s'approche pas de lui, fait demi-tour.

Dans le bain, de retour chez elle, elle invite l'eau à entrer par les narines, les oreilles et la bouche. Faire baisser la fièvre. Apaiser les souffrances des hanches. Une toux sèche ininterrompue provoque des douleurs dans les côtes et la mâchoire. La position allongée ne soulage rien. Elle enjambe le bord de la baignoire, s'enveloppe dans la plus grande des serviettes. Le miroir en dit long sur son état et en même temps il reste à la surface. Elle est seule, jamais personne ne l'aidera.

Douze ans plus tôt, elle n'a que cinq ans, Laurence rentre d'un week-end passé chez sa tante. Elle explique avec une grande détermination à son père qu'elle veut pratiquer l'escrime, comme son cousin. « Oui, mais lui c'est un garçon. » Laurence n'est pas à court d'arguments. Elle est fière de nommer la position de garde, la marche, la retraite, convaincue que son père ignore tout et qu'elle lui apprend des mots nouveaux. Son cousin l'a déjà initiée aux bond avant, bond arrière. Elle lui montre. « Leur combinaison blanche, ce n'est pas joli… Tu n'as pas envie de choisir la gymnastique ou le patinage ? »

Laurence passe devant le bar fréquenté par Christophe et ses copains quand ils avaient vingt ans. Eux se passionnaient pour le foot. Elle les imagine se moquer : *Bilal ! La petite pédale de la patinoire…* Christophe y revient-il fumer avec excès quand la nuit ne veut pas de son sommeil ? Peut-être que la bande d'amis se retrouve dix ans plus tard sur les mêmes banquettes couvertes de trous de cigarettes. Ils font encore des blagues salaces sur les collants des patineurs. L'esprit amoché, ils ont des discussions obscènes. Peut-être qu'ils draguent les jeunes filles. Ça les excite qu'elles refusent leurs avances. Deux d'entre elles se lèveraient. À moins d'un mètre de Christophe, elles seraient là, Laurence et Charlotte, elles le dévisageraient. Il quitterait le bar précipitamment, se cognerait l'aine dans un coin de table. Les rues auraient sa laideur. Des taches d'ombre se déposeraient sur lui comme des crachats.

Rémy

Évelyne souffre de lourdes migraines qui l'obligent à rester au lit pendant une à deux journées. Des maux de tête récurrents autour desquels la famille instaure des rituels. La porte du couloir demeure fermée, le silence s'impose. Les repas sont préparés par le père, trois couverts sont mis en place. Un plateau est sorti avec un bol et un verre à l'intention de la malade. Rémy, seul adulte à table, est davantage bavard. Il pose à ses enfants des questions qui reviennent habituellement à son épouse. Les repas se prolongent. Laurence est convaincue qu'ils aiment tous les trois ces moments différents mais personne n'oserait le dire. La radio murmure dans la cuisine. C'est à peine si l'on reconnaît les chansons. Un jeu les amuse : être le premier à deviner le morceau de musique. Guillaume se concentre mais gagne rarement. Cette fois-ci, il est si excité de savoir la réponse qu'il crie :

– « Belle-Île-en-Mer » !

Le père lui bloque la bouche pour qu'il parle moins fort et en profite pour faire claquer un baiser sur sa joue. Rémy évoque les projets pour les vacances d'été, même s'il sait que la famille ira au camping. Cette habitude lui pèse.

– Pourquoi pas du ski nautique ? Ça te dirait, Laurence ?

Guillaume explose de joie. Il le fait exprès pour qu'à nouveau son père le saisisse et le serre contre lui franchement.

– De quoi aurais-tu envie, Laurence ?

– Courir avec toi.

Elle ne sait pas d'où lui vient cette réponse.

– Est-ce que je peux t'accompagner ce soir pour ton jogging ?

Il est aussi surpris qu'elle.

– Tu as entraînement ce soir…

– Je peux manquer pour une fois.

Le soir même, ils partent tous les deux, elle devant. Elle entend le souffle fort de son père, puis le sien en écho. Ils se répondent ou parfois se superposent. C'est comme s'ils dialoguaient. Un effort partagé. Un soutien. Oui, elle se sent soutenue. *Ma fille, tu n'es pas seule.* Il lui propose de raccourcir le parcours mais elle ne veut pas. Elle est impressionnée par l'endurance de son père. Il y a longtemps qu'elle n'avait pas ressenti de douleurs musculaires dans les cuisses. De retour à la maison, le silence est toujours nécessaire, sa mère dort. Laurence est perdue dans ses repères. Elle devrait être à la patinoire.

Laurence découvre que Christophe a mis une photo d'elle dans son bureau. Les choses vont s'arranger. Obstinée. Il lui confie qu'il s'absentera quelques jours aux vacances de printemps. La maladie de sa mère le fatigue. Tous les jours, des aides-soignants viennent s'occuper d'elle. Il a besoin d'air, besoin de réfléchir à une autre solution pour elle. Laurence se sent digne de confiance. Elle est à l'écoute. Il voudrait aussi se rapprocher du domicile de son ex-compagne pour voir le petit plus souvent. Il y a un sac de couchage au pied de l'armoire. Laurence comprend que Christophe dort dans son bureau parfois. Ils n'avaient jamais discuté comme aujourd'hui. Puis le silence. Il la regarde se déshabiller. Pendant l'acte sexuel, elle se concentre sur la photo. Elle devient l'image d'elle sur papier glacé. Figée, impénétrable. Le plafond penche sur elle.

La douleur

Charlotte est morte. Laurence voit le corps de la défunte. Dans la chambre, une odeur vive de déodorant. Des personnes s'entassent contre les murs. Charlotte maquillée est vêtue du justaucorps de Laurence. Les fils dorés pendent sur la cuisse à découvert. La mère de Charlotte prend la main de Laurence. « Tu la coiffes ? » Les cheveux se détachent par poignées, ils s'accrochent à la brosse et s'étirent interminablement. Laurence se débat pour s'en séparer. Des déodorants sont diffusés dans la chambre. Les parfums se mélangent. Asphyxie. Réveil.

Laurence descend les marches de l'escalier, le corps lourd et bruyant. Le visage crispé par le cauchemar. Les commentaires concernant Charlotte la poursuivent : « Elle n'a quand même pas fait exprès de chuter… », « C'est impitoyable… », « Elle est vite oubliée… Y en a d'autres qui arrivent derrière… », « Elle n'a plus remis un pied à la patinoire… ».

Elle rejoint la cuisine où sa mère petit-déjeune. Évelyne ne tente pas d'embrasser sa fille ni même de lui adresser la parole. Laurence mange exagérément. Elle veut se rendre insupportable, reprochant à sa mère à la fois son silence et son existence. Elle se souvient des danseurs japonais nus, peints en blanc, vus à la télévision. De leurs yeux exorbités, accentués par le maquillage. Leur bestialité. L'un avait une tache rouge dégoulinante sur l'oreille. Laurence monte dans sa chambre, enfile sa robe blanche. Elle la tache avec le sang de ses règles. Là, sur le ventre. Méticuleusement. Redescendre. Exhiber le sang. Dire la douleur. Elle veut se présenter devant sa mère comme ça. Elle en tremble derrière la porte. Elle hurle en elle : *Maman !*, quand le mot « maman » appelle à l'aide. Elle tape avec son genou contre la porte. Elle ne tient plus debout. *Maman.*

Le couple qui loue le logement accueille la famille Maury. L'homme est agriculteur. Leurs revenus étant en baisse, ils ont eu cette idée de faire un gîte dans une dépendance. Il vit là depuis qu'il est né. Il habitait avec ses parents et ses grands-parents. Il se souvient même de son arrière-grand-mère.

– On ne plaçait pas les anciens dans les maisons de retraite comme maintenant.

Il énumère les noms des différentes parties du corps de ferme. L'écurie, l'étable, la grange, le grenier.

Laurence désignait l'ensemble d'un seul mot. Découvrir que c'est plus complexe et plus riche l'étonne et en quelque sorte lui donne de l'espoir. Cette déambulation loin de son univers l'allège. Elle pourrait échapper à ce qui la ronge. Les explications se terminent autour d'un verre de jus de pomme fait maison. La femme est enceinte de leur troisième enfant. Elle est très familière avec les hôtes. Elle propose même à Évelyne de poser la main sur son ventre.

– La jeune fille aussi veut toucher ?

Laurence se voit contrainte de toucher le ventre qui sort du corps. Elle pense à la pilule qu'elle avale tous les soirs, comme si à cet instant précisément elle en comprenait l'utilité. Tout lui semble confus. Elle est soulevée. Elle regarde la scène du dessus. Les bâtiments forment un carré, elle essaie de redonner à chacun nom et fonction, mais ils tournent autour de la cour, dans un sens puis dans l'autre, elle perd les mots. Au centre, trois femmes. Elle ne discerne plus qui est qui. Tous les jours, mécaniquement, Laurence avale une pilule, elle consent ainsi aux relations avec Christophe. *On peut coucher ensemble. Personne ne saura. Il n'y aura aucun effet sur mon corps.* Le ventre remue. Elle veut retirer sa main, mais la femme la maintient sous la sienne et ne perçoit pas le malaise de la jeune fille. Tout lui fait mal. *Personne ne doit savoir.* Des pensées contradictoires la renversent de l'intérieur. Elle croit s'évanouir. Elle s'oblige à garder les yeux ouverts et à sourire.

Ils marchent tous les quatre sur la corniche qui surplombe l'océan, puissant et attirant. Si on se laisse tomber, là tout de suite, on meurt en quelques secondes. Un pas sans effort. Tout ce qui a précédé, les angoisses, les douleurs, ne compterait plus. Passer de la vie à la mort facilement. Ne pas le faire signifie continuer les allers-retours dans le couloir, les déshabillages devant lui, l'organisation stricte du bureau, son obscurité.

Les parents de Laurence s'assoient en retrait, Guillaume entreprend de soulever un énorme morceau de bois. Son père l'en dissuade, il pourrait se faire mal au dos. L'enfant déplace sa trouvaille sur une dizaine de mètres avec une persévérance qui touche Laurence. Elle se sent tellement faible. Ses parents lui ont dit qu'elle avait besoin de repos. Les épreuves du baccalauréat approchent. Laurence devine leur regard posé sur elle. À force d'observation, peuvent-ils absorber son secret ?

La piste

En l'absence de Christophe, Laurence est responsable de la fermeture de la patinoire. Pendant une semaine, peut-être deux. Elle sait tout de l'alarme et de l'armoire électrique. Avant de partir, elle inspecte les vestiaires. Elle scrute les angles, les plinthes, les carreaux. Dans le couloir, elle s'arrête devant une petite fenêtre, pas plus large qu'une meurtrière d'un château. Aucun corps ne pourrait passer à travers. Elle hésite puis avance jusqu'au bureau. Elle ne tente pas de l'ouvrir, Christophe l'a fermé à clé. Elle pose le front contre la porte puis se retourne, y appuie son dos comme un chat se frotte entre les jambes de son maître.

– Je peux décider de ne jamais revenir.

Seule dans ce grand bâtiment, elle défie la piste. Elle veut la porter sur la hanche, la dominer. Le patinage artistique, terminé ! Disgracieuse, elle décortique les mouvements, vertèbre par vertèbre. Personne ne la juge. Elle tord tout ce qu'elle peut tordre, retourne, déplace. Les gestes sont décomposés, les bras prennent des directions contraires aux jambes. Elle veut se prouver qu'elle est vivante. Les lames sur la glace font un bruit de scie. Elle regarde les traces discontinues de ses patins. La piste se révolte.

Laurence s'agenouille puis s'allonge à plat ventre. Les jambes tournées vers l'extérieur. Elle rampe, écorche ses genoux et ses coudes. Elle se traîne. Le corps malmené comme dans un courant puissant. Une rivière gelée.

Elle se penche sur son image. Rien. Elle dégage la couche de glace. Elle souffle, colle ses lèvres. Le froid râpe. Aucun reflet. Elle n'existe pas. Et si rien ne s'était passé avec Christophe ? A-t-elle tout inventé ?

Dans un sursaut, elle se relève, quitte la piste, se dirige vers ses affaires. Elle en sort un sac plastique, le vide et place sa tête dedans. Elle retourne sur la glace, patine aveuglée. Le sac se plaque contre ses lèvres, entre dans la bouche comme une grosse langue. Un baiser forcé. L'haleine a l'odeur du plastique et le plastique son odeur de vivante encore. Le plafond de la patinoire a les yeux révulsés. Elle se fait peur. Se libère du sac. Se jure de ne plus revenir ici. Jamais.

Elle quitte la patinoire précipitamment. Les trottoirs sont larges, les voitures comme des missiles sur elle. Elle se retourne vers la fenêtre du bureau. Elle a une vision de lui. Christophe la regarde, il lui sourit.

Laurence n'a pas encore connaissance de ce moment déterminant où Charlotte se tient debout devant la porte du Planning familial. « La liberté prend corps. » « Un enfant… si je veux… quand je veux… » « Ici, on peut en parler ! » « Liberté Égalité Sexualités. » Elle est étourdie par toutes les affiches. Qu'est-elle venue dire, elle ? Elle espère et redoute à la fois que quelqu'un ouvre la porte. Elle regarde sa montre comme si elle s'était donné rendez-vous avec elle-même ici, aujourd'hui. « La violence si tu te tais elle te tue. » Elle entre.

La naissance

Sur la convocation pour le baccalauréat, une lignée de femmes réunies en une identité. Laurence Évelyne Sofia Maury. Laurence se sent lourde jusque dans les mains. Porter les prénoms de sa mère et de sa grand-mère. Une femme dont elle ne sait rien, ni de son enfance ni de sa vie d'adulte. *Comment je t'appelle ? « Sofia » ? « Mamie » ?* Sa grand-mère n'existe que dans quelques albums photo. Regard noir, peau mate, cheveux bruns. Une Tunisienne. Une femme venue d'ailleurs. Sur les photos, elle a toujours une cigarette. Laurence imagine sa voix éraillée. Elle est morte lorsque Laurence avait deux ans.

Il faudra écrire dans le coin de chaque copie ces trois prénoms « Laurence Évelyne Sofia » puis le nom « Maury » et présenter la carte d'identité. La photo date de l'année de ses quatorze ans. Laurence ne se reconnaît pas.

Le matin de la première épreuve, Évelyne veut être présente pour sa fille. Dans la cuisine, la chorégraphie discordante de deux femmes qui ne savent plus se parler. Quand les corps se sont-ils rapprochés pour la dernière fois ? Enlacés tendrement ? Confondre les corps, revenir à la grossesse, quand elles ne faisaient qu'une. Quand Évelyne était l'abri de son enfant. À l'accouchement, la sage-femme avait dit : « Votre bébé est là ! Venez le chercher… tendez vos bras. » Les deux mains d'Évelyne avaient saisi le corps mouillé entre ses jambes, il quittait son ventre. Soulever le petit être enroulé et vivant, le déposer sur sa poitrine, à la surface de la peau, est le plus beau geste qu'elle ait fait. Elle l'avait donné au monde. Sa chaleur à elle, intérieure, enveloppait le bébé. Son enfant. Une fille. Un corps entier merveilleux qui respirait sur elle, remuait, pleurait, glissait vers le sein. Lui a-t-elle déjà raconté sa naissance ? À la dérobée, Évelyne regarde sa fille. Elle sait que non. Que sait-elle de sa propre naissance ?

Laurence avale des céréales, le regard concentré sur la petite cuillère. Sa mère s'efforce d'accomplir tous les gestes familiers d'un matin ordinaire dans une cuisine.

La panne d'électricité

Pendant les examens scolaires Laurence ne s'entraîne pas, mais elle décide de venir à la patinoire ce mercredi après-midi. Elle passe devant les vestiaires si bruyants à cette heure et s'assoit dans les gradins. La piste envahie par les patineurs ressemble à un disque rayé. Pourrait-elle comme eux patiner pour le plaisir ? Pour s'amuser ? La glace se creuse, les rainures s'approfondissent.

Subitement, la panne. On n'y voit plus rien. Tous se figent dans un silence glacial, comme au bord d'un ravin, prêts à tomber. La piste de glace devient étrangère et dangereuse.

– Lumière ! Eh ! La lumière !

Laurence abandonne sac et manteau, dévale les marches et se mêle aux patineurs. On avance à tâtons, on cherche l'ami, l'enfant. On craint de se tromper, de toucher un étranger. Laurence s'habitue au noir, les silhouettes apparaissent.

« Essaie-le ! »

Les mots saillants de Christophe la hantent.

On ne sait pas si on avance ou si on recule.

– Pardon ! Je vous ai fait mal ?

Laurence est malmenée, le visage crispé comme si les lames des patins l'entaillaient.

« Plus ferme, redresse-toi ! Allonge le mouvement ! »

On interpelle. On se brusque.

« Elle a des beaux cheveux la demoiselle. C'est moi qui ai choisi "Christophe". »

On s'assoit, on rentre les doigts dans les manches pour éviter qu'ils soient coupés par des lames. Une voix ! Laurence reconnaît la silhouette de Sabine.

Christophe m'a invitée chez lui ! Je peux tout te raconter !

Laurence la perd de vue. Évelyne apparaît, tirée par Sofia. Elles se déplacent comme des chiens affolés sur du verglas. Elles ne l'entendent pas et poursuivent la traversée de la patinoire. Là, c'est Charlotte, piégée par la glace qui fond. L'eau entre dans sa bouche. Laurence, à genoux, lui tend les bras.

À toi aussi il a… ?

Laurence voudrait renverser la piste de la patinoire, la redresser subitement. Ils tomberaient tous avachis, désarticulés. Soixante mètres de hauteur, la chute serait rude.

Une voix d'enfant. Une voix de petite fille :

– Maman !

Laurence court vers elle. Elle n'a jamais couru aussi vite. La lumière revient. Laurence sidérée, au milieu de la piste.

La dernière fois que Christophe est vu dans la ville, il fume à quelques mètres des portes automatiques de l'hôpital. Autour de lui, des malades dont il ne croise pas les regards. Il écrase sa cigarette à demi consumée et l'enfonce dans le sable. Sa mère est hospitalisée. Il entre dans le bâtiment et en ressort dix minutes plus tard, l'allure fuyante.

Laurence essaie de comprendre. A-t-il renoncé à rendre visite à sa mère ? Il n'aura pas supporté la sonde reliée à une poche ou de voir sa mère sans pudeur remonter sa chemise de nuit pour lui montrer où elle avait mal. Est-il arrivé quand un aide-soignant apportait le goûter ? Christophe s'est retrouvé seul à devoir nourrir sa mère à la petite cuillère. La bouche a mâchonné dans le vide, elle a salivé. La compote s'est échouée sur le menton et sur la chemise de nuit. La chambre d'hôpital est devenue pâteuse. Christophe s'est enfui.

Les cheveux rasés

Un insecte court sur la cuisse de Laurence, c'est une agression. Son corps, un champ de bataille, ne lui laisse aucun répit. Laurence claque sa peau avec une hargne qui fait réagir sa mère :

– Tu es folle de taper si fort !

C'est ça, Laurence est folle, elle veut bien être folle. Ne plus raisonner, ne plus réfléchir. Être débile du cerveau, mais aussi des nerfs, des jambes, de l'estomac, des mains, de la langue. Être aussi bête que cet insecte qui tourne sur lui-même depuis qu'il est tombé. À plat, retourné.

Les vacances d'été torturent Laurence. Elle a le sentiment de ne pas être comme tout le monde. Le monde bronze, s'amuse, profite du soleil. Elle aime ce que personne n'aime, les jours de mauvais temps en plein mois de juillet. Laurence sombre. Sa chambre lui offre l'obscurité dont elle a besoin. Rester à l'abri. Les draps, les murs sont gris et orageux. Quand elle se relève, elle a la tête qui tourne. Elle observe son petit frère. Elle voudrait pouvoir se tenir comme lui, sur une chaise, assis sur les talons, le menton sur les genoux. Sans perdre l'équilibre. Ou en tailleur au sol pour jouer dans l'herbe. Dans un confort qui rend libre et insouciant. Retrouver l'enfant qu'elle n'est plus et ses postures qu'elle ne sait plus tenir.

Ses parents partent en vacances avec Guillaume. Ils s'absentent pendant deux semaines. Ils n'ont pas obligé Laurence à les accompagner. Elle aurait aimé. Ils retrouvent comme d'habitude toute la famille dans le camping. Une nièce viendra peut-être dormir dans la caravane à sa place. Laurence n'a pas envie d'être remplacée. La vie l'abandonne.

À leur retour, Laurence se présente à eux la tête rasée. Personne ne réussit à cacher sa sidération. Ils ne devaient pas la laisser seule. La stupeur ne s'arrête pas là. Évelyne découvre dans la panière à linge avec les affaires de sa fille des serviettes hygiéniques souillées.

Laurence hésite puis elle reconnaît Charlotte. Malgré les autres personnes dans la piscine, elle se comporte comme si elle était seule. Une tranquillité du corps, une légèreté. L'eau la rencontre avec beaucoup de tendresse et de délicatesse. Le bassin est sa demeure.

– Je viens tous les jours, dit-elle.

Laurence regarde l'ombre de Charlotte dans les profondeurs. La tache ondule sur les petits carreaux, elle paraît n'avoir aucune difficulté à aller où elle veut. Charlotte s'approche du fond et le frôle. Sans couler. Elle tire sur le haut de son maillot de bain comme pour s'en libérer. Elle garde les yeux ouverts. L'immersion la régénère, plus qu'une douche. Ses cheveux ne sont plus si courts, ils s'allongent, ils pourront onduler à leur tour dans l'eau, comme des nageoires de part et d'autre de sa tête. Laurence, elle, ne met pas un pied dans l'eau, elle se contente de surveiller son frère.

Elle aura dix-huit ans dans quatre jours mais ce lundi qui précède l'anniversaire est une journée aux urgences. La voix d'un interne :

– C'est une belle entorse à la cheville et une rupture du tendon à l'épaule. Ce n'est pas grave mais il faudra du repos d'abord puis de la rééducation… Mais vous êtes jeune…

En tombant de ces trois petites marches, celles entre la cuisine et la terrasse, Laurence chutait du dixième étage d'un immeuble. Tout le corps a plongé. S'ils avaient été longs, les cheveux se seraient tendus vers le ciel. La poitrine était ouverte, attirée par le vide, prête à être heurtée de plein fouet. Les bras écartés comme des branches. Les habits se gonflaient, le soleil passait à travers. Elle mourait, l'immeuble ne tendait pas une main. Les fenêtres reflétaient le ciel et, très furtivement, le corps effondré. Un flash aveuglant dans chacune des vitres. Personne ne pouvait la voir. Personne n'a pu l'aider. Laurence est tombée très vite, sans odeur, sans bruit.

Elle était sans vie déjà avant de vaciller.

Rémy remercie le médecin, évite de lui serrer la main tant ses doigts gonflés par l'angoisse de l'attente lui font encore mal. Il embrasse sa fille sur le front, le regard posé sur les cheveux rasés, lui dit qu'il va prendre soin d'elle. Elle ne peut plus s'arrêter de pleurer.

III

DIX-HUIT ANS

Le lit

Ne rien faire, ne rien dire le jour de l'anniversaire. Laurence est alitée, la famille est malade. Les cadeaux ne sont plus de circonstance. Personne n'a le cœur à la fête. Guillaume propose de jouer aux cartes, sa mère écourte la partie.

Le père de Laurence défait délicatement la bande qui entoure la cheville. La peau est enflée, elle dégage une odeur animale, celle d'un petit fauve qu'on libère d'une cage. Laurence voudrait définitivement quitter ce corps. S'exiler d'elle-même. Elle s'imagine pratiquer la lutte, les cuisses et les bras solides, tête contre tête avec son père, non pour se battre mais pour s'accrocher à ses bras, résister, sentir des forces contraires. Rester debout avec lui. Tomber s'il tombe.

Elle lui demande si elle pourra aller courir à nouveau un jour avec lui.

– N'en fais pas tout un drame ! Tu n'es pas paralysée à vie. Tu as juste une entorse.

Un silence. Le regard grave de sa fille. La blessure est ailleurs, il le sait.

Il déroule une nouvelle bande, recouvre le pied et le mollet. Il croise par au-dessus, par au-dessous. Ses gestes sont ceux d'un artisan qui manipule un ruban de velours. Tous les trois jours, il les répète. Le rituel devient nécessaire. Laurence attend l'arrivée de son père, ce moment où il s'assoit face à elle et lui demande de tendre doucement la jambe pour que le pied repose sur ses genoux. Pour lui aussi cette intimité est essentielle. Il a besoin de soigner sa fille, la panser, prendre le temps. Qu'est-ce qui demeure en elle de la petite fille ? Son enfant est devenue une femme. Quel mystère d'elle ? Il souffle instinctivement sur la peau qui pâlit vers le violet. Laurence reçoit la chaleur. Cette femme est son enfant. Fait-il ce qu'il faut pour elle ? Il enroule la cheville, il retrouve à travers ces gestes le balancement avec lequel il aimerait la prendre pour la consoler. Bercer sa fille mais aussi sa femme, les rapprocher. Il a peur de ne pas savoir, de ne plus rien savoir. Il en pleure parfois seul, juste après. La bande usée est abandonnée au sol comme la peau morte d'un serpent.

Laurence fait venir Christophe, par la pensée, chaque soir dans sa chambre. Être de nuit, il entre ici comme elle imagine qu'il rejoint son nouvel appartement trouvé à quelques kilomètres de chez son ex-compagne.

Il s'allonge sans prendre la peine de se déshabiller, fatigué et résigné. Laurence est cachée sous le lit. Le sommier à ressorts laisse découvrir les formes du corps. Une boule dans le milieu du lit, lourde et encombrante. Dès qu'il s'assoupit, Laurence appuie sur la bosse pour que le corps ne connaisse pas l'abandon. Coup de genou ou coup de coude. Elle lui prend son sommeil. Il se réveille et garde les yeux grands ouverts, en tête à tête avec le plafond. Après quelques frappes, le sommeil ne revient plus. L'angoisse le ronge. Les nuits sont blanches pour tous les deux.

Le jour révèle la monotonie de la chambre. Chaque réveil devient punitif. Laurence ne doit trouver dans cet espace aucun divertissement. Elle s'inflige une chambre neutre aux murs épurés qui ont la couleur du ciment. Elle se terre vivante dans cette tombe, coupable de tout gâcher et d'empoisonner les relations familiales.

L'éclairage public s'éteint à minuit. La pièce est plongée dans un noir profond. Dans sa tête, Laurence chancelle. Le vide se remplit. Une figure trébuche contre une chaise puis contre le lit. Christophe. Il se cogne, il a besoin d'aide. Elle inverse l'emplacement des meubles pour que jamais il ne trouve le confort de reconnaître. Elle l'imagine descendre et monter l'escalier dans le noir. Il se tape la cheville contre une marche, c'est douloureux. Laurence le fait disparaître après des heures d'errance du couloir à sa porte. Les cauchemars, comme des fourmillements, agitent puis raidissent les jambes.

Les repas deviennent un supplice, une remontée acide pour chaque membre de la famille. Laurence ne supporte que la nourriture hachée en petite quantité. Tous les quatre s'observent et laissent les aliments refroidir. Ils peinent à se passer les plats. Les chaises tanguent. Guillaume saisit maladroitement le saladier qui explose au sol. Les morceaux de viande gisent et la sauce s'étale exagérément sans que le carrelage puisse l'engloutir, c'est toute la cuisine qui a un haut-le-cœur.

Nuit. Christophe revient. Laurence ouvre la fenêtre juste avant son arrivée pour que la chambre soit glaciale. Le froid pique les joues et le nez de Christophe.

Déshabille-toi !

Il lui obéit, attend nu. La chambre est haute de plafond. Christophe n'est pas si grand. Laurence l'enroule d'un film plastique, avec la même précision que son père lorsqu'il soigne sa cheville. Elle enveloppe d'abord les bras, le torse, le cou, la tête, puis d'un seul morceau le bas du corps. Les muscles semblent gonfler sous la transparence du film. La peau brille, luisante comme un miroir. Laurence se met nue, s'enroule à son tour du film plastique puis se plaque contre lui. Elle est impénétrable. La nuit les regarde, ils sont debout dans cette étreinte à l'odeur de plastique.

L'aube arrache Christophe à Laurence. Son absence semble définitive.

La chambre de Laurence, un brouillard épais. Les fenêtres sont embuées. Les premiers froids arrivent tôt cette année. La voiture ne rentre pas dans le garage trop encombré, elle dort dehors. Le matin, Laurence entend le moteur tourner plusieurs minutes. Les journées la traversent. L'air de la maison est asséché. Sa convalescence est morbide, rythmée par des clips qu'elle connaît par cœur et des feuilletons télévisés qui lui font ignorer son existence. Elle est dans la peau d'une femme jugée pour homicide, d'une quinquagénaire en quête de son fils disparu, d'un policier qui complote dans un trafic de drogue. Des histoires qui pourraient palpiter en elle si elle était encore vivante.

À la maison, on n'accueille plus. On reporte les réunions de famille. On aménage un salon plus grand autour de la cheminée pour espérer s'y retrouver. Laurence compte une voiture toutes les quarante secondes en moyenne, avec des heures de pointe le matin et le soir qui atteignent une voiture toutes les dix secondes. Le voisin d'en face rentre à 18 h 30, chaque soir de la semaine, sauf le jeudi. Celui d'à côté vers 19 heures. C'est tellement plus simple chez les autres. On se quitte le matin, on se retrouve le soir, on mange ensemble, on regarde un film, on se couche et on dort. Pas de malheur. Pas de peur de poser le pied en dehors du lit. La maison des Maury est suspecte. Les chiens gueulent systématiquement en passant devant.

La joie de Sabine aspire petit à petit Laurence. Elles sont assises en tailleur sur le lit de Laurence, le buste avancé l'une vers l'autre.

– Je tremblais de désir.

Sabine rejoignait Scott dans sa chambre. Le ventre chaud battait la mesure. Personne ne savait où elle était. Elle se sentait perchée plus haut que tous les immeubles qu'elle longeait. Elle aurait pu diriger une troupe de cent danseurs ! Les mains de Sabine dessinent des ombres sur les murs de la chambre de Laurence. Elles s'ouvrent, s'écartent, se suspendent avec délectation.

– J'ai frappé à sa porte, le parquet a grincé. Il a ouvert.

Scott l'a embrassée avec douceur. Des baisers aussi longs qu'intenses. Ils se sont découverts avec leurs mains. Les corps prolongés l'un dans l'autre. Sabine voulait fondre, au sens propre, elle voulait entrer en lui comme il entrait en elle.

Elle se laisse tomber en arrière sur le lit de Laurence. Sabine se surprend à croire à sa propre invention. Le scénario leur fait du bien à toutes les deux. Elle ferme les yeux, raconte encore avec de nouveaux mots. Le voyage mental réchauffe la chambre. Un réconfort. Laurence étire ses jambes.

Quand Sabine la quitte, la chambre reprend la froideur d'un corps malade.

Les cauchemars

Laurence se relève et sautille sur un pied jusqu'à la fenêtre pour s'assurer que les volets sont bien fermés. Elle vérifie plusieurs fois. Obsession. Cauchemars. Christophe est couché sur le lit. Laurence l'oblige à rester allongé, bras et jambes ouverts. Elle tourne autour de lui munie à la taille d'une batterie de couteaux aiguisés. Elle jubile d'enfoncer le premier couteau. Les scénarios terrifient celle qui les invente. Elle est capable de tuer.

Le jour est court.

La nuit fabule. Une femme attend, nue, dans le lit. Christophe la découvre. Sa respiration change. Le pantalon tombe aux chevilles, il s'allonge sur elle. Par transparence, couchée sous le matelas, Laurence voit le regard de Christophe quand il pénètre la femme. Ses yeux jaunissent. La gorge se suspend. Les mâchoires se serrent et font saigner les gencives. Des gouttelettes de sang tombent sur le visage de Laurence. Elle s'en débarrasse d'un revers de la main. La femme n'existe plus. Christophe pénètre le matelas. Avec hargne. Sa force est incommensurable. Il s'introduit dans le vagin de la chambre, rouge, enflammé et grand ouvert. Laurence souhaite qu'il se désagrège en jouissant. Qu'il devienne le liquide poisseux de son sexe.

Lundi ? Mardi ? Laurence ne sait plus. En plein jour, elle se voit elle-même au-dessus de son lit. Elle veut faire entrer l'air de la rue, les nuages, les odeurs, les autres habitants, leurs pas, leurs discussions, leurs pensées. Tout transformer en bruit. Ne pas rester seule avec son corps. Elle se sent abandonnée. Elle se bande les yeux avec un pull, elle dérape vers la nuit. Paupières fermées. La vision est noire, striée de rayures blanches. Christophe la visite. Elle est aux commandes d'un lit sur roulettes où il est allongé. Elle déambule dans des allées interminables aux odeurs médicamenteuses. Elle atteint la vitesse qu'il lui demande sur la piste, elle frôle les murs. Elle joue sa vie, furieuse quand un obstacle se met en travers de leur chemin, excitée par l'infinité des couloirs. Il tend les bras devant lui. Les pleines lumières éclairent son visage. Il est blanc comme les draps.

Ces rendez-vous d'épouvante avec Christophe sont effrayants comme des rendez-vous glauques dans une cave. Nuits blanches. Nuits noires. Nuits rouges. Un combat contre le jour désastreux. Guillaume fuit sa sœur. Il est embarrassé pour sa mère à qui on demande : « Elle ne fait rien cette année ? Que se passe-t-il ? »

Trains imaginaires. Laurence voyage de nuit. Les paysages dévalent. Rails, ronces, ravins, arbres penchés, champs noirs. Quand le train longe des bâtiments, c'est son visage que la vitre reflète. *Qu'est-ce qui m'arrive ?* C'est agressif comme une main que l'on plaque sur la bouche. Les yeux fatiguent. Les voyages sont longs. Elle rentre tard. La maison est entourée d'eau. Laurence ne peut plus l'atteindre. La maison se décroche du sol, flotte, s'éloigne. *À l'aide !* En vain.

Elle revient de ses nuits dans un état d'effarement. *Est-ce que cela va s'arrêter un jour ?*

Dans ses hallucinations, Laurence fait venir sa mère, Sabine et Charlotte. Elles sont toutes les quatre tenues les unes aux autres par les bras, les coudes relevés. Leurs habits s'entremêlent, ils n'ont pas d'extrémité. La porte s'ouvre à Christophe, il est imposant comme quatre personnes. Il exige, il force. Les murs s'allient avec Christophe pour mieux retenir les femmes. Ils ont des mains qui entrent dans chacune de leurs culottes.

Les doigts saisissent les chairs. Les femmes résistent. Elles sont solidaires. Elles sont quatre. Leurs chevelures recouvrent leurs corps. Elles se confondent, unissent leurs forces. Les doigts sont repoussés, les murs reculent. Ils tremblent. Elles sont trois. Elles sont deux. Laurence est seule. Elle résiste. Ses coudes pointés comme des armes, elle garde ses habits. Des longueurs de cheveux rêches et secs protègent sa peau. Christophe ne parvient pas à la pénétrer.

À deux pas de chez Laurence, l'arrêt de bus qui la conduisait au lycée ou à la patinoire reste éclairé après l'extinction des réverbères. Il est occupé par des jeunes qui s'y sentent à l'abri du froid et du reste du monde. Ils discutent jusqu'à 1 ou 2 heures du matin, la buée sur les parois vitrées rend leurs silhouettes troubles. Puis ils s'éparpillent dans les rues pour regagner leurs maisons. Avant de se séparer, il y en a toujours un qui met un coup de pied dans le petit amas de mégots formé au fil de la soirée.

Elle n'a plus aucune raison de rester enfermée dans sa chambre. Le kinésithérapeute encourage Laurence à marcher souvent, ce sera bon pour la rééducation. Son père lui propose de mettre en application immédiate les conseils du médecin. Ils marchent le long de la route, Laurence ne veut pas trop s'éloigner de la voiture. Le ciel est vaste, elle ne lève pas les yeux. Elle pourrait être piétinée par les arbres, les barbelés endommagés, les talus d'herbe. Un piquet en bois habillé d'un T-shirt s'avance vers elle. Une photo, « Élisabeth », un cœur en fleurs. « À ma fille », en dessous, sur une plaque en bois. La photo est neuve, les couleurs intactes. Un teint clair, des yeux bleus, une frange brune affirmée. Le T-shirt tendu, sans poitrine, sans bras, remue avec le vent. Laurence ne connaît pas cette femme, mais elle est submergée par les larmes, comme si elle apprenait le décès d'une amie. Elle se recueille au pied du piquet mortuaire. Elle émet des sons qui la rendent si étrangère à son père. Démuni, il l'attend à quelques dizaines de mètres, dans la voiture, caché derrière les vitres. Le paysage se déséquilibre. Laurence est avachie sur le talus. Son corps se frotte à l'herbe comme s'il voulait se débarrasser de sa mémoire.

Laurence se relève, la manche de son blouson se coince dans une branche épineuse. Elle n'essaie pas de s'en libérer. Elle quitte le vêtement et l'abandonne là. Deux mortes se tiennent compagnie. Depuis leur fossé, leurs douleurs se changent en statistiques : elles comptent le nombre de tués sur la route, ceux accidentés en rase campagne, ceux en agglomération ; elles comptent les suicidés ; les enfants maltraités ; les enfants morts à la suite de coups ; les femmes victimes de viol, dans 74 % des cas la victime connaît son agresseur, dans 67,7 % des cas les violences ont lieu au domicile de la victime ou de l'agresseur. Les deux mortes pourraient remplir des pages avec ces données, elles deviennent expertes. Leurs histoires personnelles sont tenues à distance.

La cabine

Sabine a teint ses cheveux. Ils sont roux foncé. « Auburn », s'amuse-t-elle à prononcer. Elle porte un jean et un gros pull en guise de manteau. Laurence s'est couverte le plus possible. Malgré cela, elle a froid, un vide entre elle et ses vêtements laisse passer l'air. Elles traversent les rues décorées pour les fêtes de fin d'année. L'espace est saturé par la foule incessante. Les gens se goinfrent et s'encombrent de sacs plastique. Les trottoirs regorgent d'odeurs de gasoil, de tabac et d'urine. Les entrées des boutiques ont des voix criardes. La nuit tombe vite, les réverbères empêchent l'obscurité et révèlent les ombres, silencieuses et inodores. Laurence les rejoint. Elles ondulent, contournent et font corps avec le mobilier urbain. L'ombre de Sabine est ambitieuse. Elle sait bouger, elle sait s'imposer. Laurence se sent médiocre, à peine visible.

Elles croisent deux types qui sont à l'université avec Sabine. Ils se font la bise. Leur parfum reste longtemps dans les narines de Laurence après leur passage, elle aurait préféré éviter de toucher leurs joues. Sabine propose d'entrer dans un grand magasin. Elle lit à haute voix la répartition des étages. Elles grimpent au deuxième. *Vêtements pour hommes.* Sabine agrippe au hasard deux pantalons, deux vestes et entraîne Laurence avec elle dans une cabine. Elle se travestit en homme, parodie les deux garçons qu'elles viennent de rencontrer en s'adressant à son reflet dans le miroir : « Sabine ! Quel hasard !… Ta copine est à la fac ?… Tu nous la présentes ? » L'haleine est dragueuse. Laurence est dubitative. Sabine insiste, poursuit cyniquement avec des propos grossiers et des attouchements froids contre la glace. Elle rit de l'obscénité de ses gestes, devient hystérique. Son poing se prend pour un pénis qui force l'entrejambe. La cabine est un exutoire.

Laurence enfile la deuxième tenue, endosse à son tour une voix inappropriée qui les surprend et déclenche des rires nerveux. Elles sont pliées sur elles-mêmes, elles ne peuvent plus se parler. Les joues en feu, le rire excessif fait venir des larmes.

À l'extérieur, on s'écarte. Le rideau les découvre par à-coups. On n'a pas envie de comprendre ces jeunes filles. Assise par terre, essoufflée, Sabine confie qu'elle a fait l'amour avec son copain alors qu'elle n'en avait pas envie.

Le silence s'allonge sur leurs corps. Les jambes sont tétanisées. Leur lucidité les paralyse. Elles sont deux petites filles, deux adolescentes, deux femmes que la joie a abandonnées.

Elles laissent éparpillés les vêtements dans la cabine et s'engloutissent dans la rue animée. Elles regardent comment vivent les autres.

Mère et fille

– Je peux entrer ?

Par l'entrebâillement de la porte, le fantôme de Laurence reste mutique. Guillaume ne supporte plus son comportement. Elle est là tout en étant absente.

Il entre dans la chambre, les mains sur les hanches tel un patineur qui salue avant de commencer sa chorégraphie. Il tourne, se déhanche. Si elle pouvait réagir, lui dire d'arrêter sa provocation ridicule…

– Je suis Laurence, la plus belle !

Il se moque, dansote sur place. Laurence sent monter la colère, du ventre à la gorge. Elle se lève, poings serrés.

– Va-t'en !

Laurence pousse son frère, elle voudrait l'éjecter hors de sa chambre. Il continue à gesticuler comme un pantin. Elle se jette sur lui de toute sa hargne. Elle emporte dans son geste une lampe qui explose au sol.

– Qu'est-ce qui vous prend ? Arrêtez !

Laurence soutient le regard de sa mère. Les souffles courts.

– Dégagez ! Sortez de ma chambre !

Elle renverse son bureau. Une avalanche d'objets s'effondre dans un vacarme impressionnant. Tout retourner, tout saccager. Évelyne tente de retenir sa fille, elle n'y parvient pas. Coups de pied et coups de poing dans le vide, Laurence se débat. Et soudain Évelyne s'y met à son tour.

– C'est ça que tu cherches ?

C'est à qui brisera le plus d'objets, détruira, piétinera, véritable jeu de massacre. Les deux femmes sont méconnaissables. Aller au bout de la furie. Dévaster l'armoire. Guillaume est blême, sidéré par la tornade.

La robe blanche, Évelyne veut la déchirer. Elle étire l'échancrure jusqu'à la faire craquer. La maison pourrait se soulever. Le plancher brûle.

Après, un impossible silence. Le tumulte résonne encore. Laurence face à la fenêtre ouverte, des bris de verre crissent sous ses pieds. Dehors, les nuages s'étirent comme des draps suspendus. Le vent d'hiver ne rafraîchit rien. Laurence fixe le soleil jusqu'à l'éblouissement. Mourir aujourd'hui et renaître demain, est-ce possible ? Quelqu'un peut-il lui répondre ?

Tout près d'elle, sa mère se penche pour ramasser les vêtements. Elle dresse un chemisier sur un cintre.

Le ciel est d'un bleu métallique. Un bleu de pont. Un bleu d'éclairs.

Laurence remue dans son lit le temps que ses yeux s'accommodent à la lumière. Entendre la respiration de sa chambre. Reconnaître quelque chose d'enfantin. Elle s'assoit au bord du lit. Elle enfile une grande robe de chambre qui la recouvre jusqu'aux mollets. Seuls ses pieds sont visibles. Cela pourrait être joli de porter une chaîne à la cheville. Elle incline la tête pour l'imaginer. Elle s'allonge à nouveau sur le côté, pousse les draps avec les pieds, remonte les genoux sur le ventre. Des petites rafales de vent remuent la balançoire du jardin. Pourrait-elle encore se suspendre aux anneaux ? Rentrer les chevilles dedans et lâcher les mains ? Elle garderait la tête à l'envers et donnerait une impulsion du torse pour se balancer. Le sang monterait au cerveau. Elle adorerait.

Dans le garage, elle ouvre des cartons, ils contiennent des dizaines et des dizaines de photos, certaines encore encadrées. Des photos de Laurence en justaucorps ou dans des robes que sa mère voulait qu'elle porte. Des tenues qui coinçaient le ventre et contraignaient à s'asseoir les jambes serrées. Elle en sourit.

Des photos de mariage. Celui de Sofia avec l'homme qui allait adopter Évelyne. La photo d'Évelyne avec

Rémy. À vingt ans d'écart, enrubannées toutes deux autour du ventre et des seins. Le plissé des tissus faussement détendu, les inspirations suspendues.

Laurence a presque l'âge de ces femmes au moment des photos. Elle est troublée, des frissons la parcourent. Qui regarde les photos ? Qui est regardé ?

Elle tourne les pages de son album de naissance. Petit corps tout en rondeurs, porté avec tendresse par son père, par sa mère. Ses yeux s'embuent de larmes.

En son absence, Laurence devine qu'Évelyne est entrée dans sa chambre. Elle a changé les draps. Ils sentent bons. Elle a passé les doigts sur les quelques vêtements encore suspendus dans l'armoire. Peut-être s'est-elle assise là, au milieu des affaires de sa fille, comme entre deux amis.

Sofia

Les réveils d'Évelyne sont pénibles, Laurence le sait. Des cheveux sur son oreiller, de plus en plus. Le premier geste de sa mère est de se couvrir avec un large gilet de laine comme s'il lui permettait de se tenir droite. Elle passe d'une pièce à l'autre pour dénouer les jambes, se sentir légère. Laurence entend les pas qui perdent en vigueur. Évelyne vieillit.

Dehors, la terrasse est grise. Des feuilles mortes s'entassent dans l'allée. Guillaume n'est pas monté sur le toboggan depuis l'été dernier.

Laurence observe le zona dans le cou de sa mère, il se propage un peu plus chaque jour. Laurence s'approche derrière elle, lui relève les cheveux.

– On dirait des petits cailloux incrustés sous la peau.

Sa grand-mère prétendait avoir comme des cailloux dans la gorge. Évelyne était subjuguée par cette voix si rauque, elle était très fière de sa mère. Sofia, enceinte, avait quitté la Tunisie. Elles vivaient toutes les deux à la campagne, en France, dans un foyer pour femmes. Les habitants du village considéraient que les filles mères étaient des moins-que-rien.

Laurence écoute, elle sait qu'elle ne peut pas l'interrompre.

Chaque jeudi, Sofia se rendait avec sa fille chez les commerçants du bourg. Elle calculait le montant des dépenses à l'avance et emportait juste le compte. Ce jour-là, des femmes du village les attendaient. « T'as pas honte ? » C'était un jeudi d'hiver mais le ciel avait la couleur de l'été. Un bleu ininterrompu. Un ciel qui donnait le vertige. « Profiteuse ! Rends-nous les fringues qu'on te donne ! » Elles lui avaient imposé de marcher sur la partie gelée de l'étang. Elles formaient deux rangs comme si elles se lançaient une balle. Sofia était la balle. Elle glissait et chutait, sans rebondir, dans un bruit de valises jetées dans les soutes d'un avion. « En plus c'est une Arabe ! » Évelyne pleurait, elle avait ramassé le manteau et les chaussures. Sa mère lui avait ordonné de se retourner pour ne pas regarder. Son front contre un arbre, Évelyne serrait dans ses mains le manteau. Ne plus voir, c'était pire. Respirer l'odeur de l'arbre, tenir debout, entrer dans les rainures du tronc. Sofia hurlait. Une voix méconnaissable. Évelyne voulait que des cailloux, plus gros que jamais, sortent de la bouche de sa mère pour frapper les visages des ennemies.

Les jambes d'Évelyne flageolent. Laurence tire un tabouret pour qu'elle s'assoie.

– Après, nous sommes allées faire les courses. Ma mère disait de ne jamais se soumettre.

Évelyne étale la crème épaisse sur la peau en éruption. Laurence prolonge son geste à l'arrière du cou et sur l'épaule, lentement. Une pellicule gélatineuse reste sur les doigts. Laurence les rince sous l'eau. Elle se regarde dans le miroir. Évelyne vient à côté d'elle. Leurs mains s'effleurent sous l'eau tiède.

Laurence n'a pas de répugnance à observer le sang épais et odorant de ses règles. Au contraire. Son cœur bat là. Ses mains sont attirées. Le sang passe sous les ongles, il les noircit.

Elle a besoin d'air. Elle presse un citron, boit le jus sans ajouter d'eau. Elle sort, rejoint les rues les plus agitées, se mêle aux autres. Elle reprend son souffle à chaque enjambée. Elle a l'estomac vide, une faim dévorante.

La lettre de Charlotte

Une piste cyclable a été créée, les places de parking sur le bord de la route en sont réduites. Laurence constate le réaménagement du quartier. Elle redécouvre son univers oublié. Une vieille usine est en cours de démolition, une partie d'elle déjà est éventrée. L'horizon s'invite. Un bosquet au loin comme une ligne dansante et une petite route qui zigzague. Une pancarte annonce la reconstruction de plusieurs logements. L'obsession de combler l'espace. « Elle ne fait rien à son âge ? Il faudrait qu'elle s'occupe… »

Charlotte lui a écrit. Laurence ne sait pas si cela la concerne. C'est trop tôt pour le savoir. *Il faudrait le dire si toi aussi…* Elle ne veut surtout pas lire *je me sentais forcée.* Elle parcourt le quartier de long en large. *Il voulait que j'essaie le justaucorps.* Les arbres sont en train d'être taillés. *Il me regardait.* Les tronçonneuses résonnent, Laurence pourrait avoir mal à la tête si elle s'attarde. La voix de Christophe dans le vrombissement des machines. Elle est assise dans les vestiaires, le regard au-delà du miroir et du radiateur en fonte, elle l'entend : « Laurence, tu passeras me voir. » Les branches tombent, les arbres ressemblent à des moignons. « Essaie-le. » Les bruits de la ville lui rentrent dans les tripes. Le bus réchauffe l'air jusqu'à l'asphyxie. En levant les yeux, elle le voit à la fenêtre. Il fume. Il lui sourit. « Personne ne doit savoir. » Le sol se dérobe sous ses jambes, elle disparaît sous la croûte terrestre. « Il faudrait qu'elle s'occupe ! Elle ne peut pas rester à ne rien faire. » Laurence creuse un souterrain, elle s'y engouffre, ne veut plus rien entendre.

La terre est sa peau. Pâteuse, épaisse et fraîche. L'odeur est celle de ces jeux d'enfants. Saisir les grosses boules de terre, elles collent aux mains. Les fendre. Voir gesticuler les vers de terre. Avancer dans le jardin à quatre pattes. Elle aime se salir. Elle est insouciante.

Laurence se réfugie dans sa chambre. Le plafond s'est abaissé.

Les voix

Sur une grande feuille, Laurence dessine le plan de la ville, son quartier, les lotissements alentour, les immeubles du centre-ville, les avenues, les squares, les ruelles, les parkings. Le lexique urbain est vaste et précis, elle cherche des mots nouveaux et les essaie à haute voix. Elle les prononce avec des tonalités différentes. Elle module sa voix et convoque celles d'autres gens. Des sons s'emparent d'elle, vibrent dans ses lèvres ou dans ses narines. Un timbre étranger sort de sa gorge, drôle ou grave. Elle cherche sa voix d'enfant, ses transformations successives. Des voix juste de passage ou enfermées là depuis longtemps. Celle de sa mère lorsqu'elle est née ? Celle de sa grand-mère ? Des voix disparues.

Laurence porte un foulard, il tombe sur ses sourcils et souligne la fermeté de son regard. Les travaux avancent. Les logements du lotissement sortent de terre. Des engins de chantier tournent sur eux-mêmes, déploient des bras mécaniques. Les ouvriers soulèvent des gravats avec des pelles. Visages tirés, dureté des efforts, peaux tannées. Les muscles sont sollicités sans relâche. Laurence regarde les hommes avec insistance, elle sait qu'elle peut dissimuler son visage à tout moment avec son foulard. Elle ne craint rien.

Immobilisée à l'arrêt de bus, elle s'appuie contre la vitre. Elle se laisse envahir par la vibration des machines. Le grondement extérieur secoue le sang. Sa tête lui tourne.

Sa grand-mère pourrait être à côté d'elle. Elle le voudrait tellement.

Sofia, c'est toi ?

Sofia retire le foulard de Laurence, elle caresse les cheveux libérés. Elle relève le menton, souffle sur sa cigarette. Un nuage de fumée enveloppe le visage. Brune, les yeux foncés. Laurence se reconnaît dans les traits de sa grand-mère.

Je te ressemble. Tu es morte, pourtant je peux te toucher.

Sofia lui sourit.

Ma douce.

Elles marchent ensemble, accolées, hanche contre hanche. Le regard brillant plongé dans le récit de sa vie, Sofia raconte à Laurence ses élans, ses combats.

Laurence écoute, désarticulée, elle a l'impression que ses pieds ne touchent plus le sol. Puis, à son tour, elle se confie. Où commence sa propre histoire ? Elle rapporte en désordre les lundis, le justaucorps, la relation forcée chez Christophe. Se mêlent à ses paroles les bruits de la ville toujours plus fiévreuse. Les deux femmes debout se serrent dans les bras l'une de l'autre. Les mots consolent.

Je voudrais que tu sois heureuse, promets-moi.

Je te promets.

Laurence s'obstine à reproduire la ville, affine les distances, s'améliore dans les proportions. Elle ouvre et referme le bouchon du stylo et recommence sur une autre feuille. Le lit devient table de travail. Les rues, les boulevards, les chemins, les impasses, les aires de jeu remplissent la chambre. Elle aime particulièrement dessiner les courbes, elle en reproduit avec excès, elle arrondit les angles. Le geste s'accompagne d'une vague dans le ventre. Il répare.

La ville qu'elle s'invente est douce. Des ruelles étroites incurvées, des conversations à voix basse. Des façades entretenues avec des moulures, des fleurs, des rideaux. Des exclamations de joie devant elles. Des places en plein soleil où elle s'imagine tourner sur elle-même. Les bras grands ouverts. À s'étourdir. Et sa mère : *Arrête, tu vas tomber ! Donne-moi la main.* Des parcs ombragés avec de la mousse sous les arbres où elle peut s'allonger. Ses cheveux prennent l'humidité de la terre. Son amie d'enfance est en train de compter contre un saule. *J'arrive !* Ne plus faire aucun bruit. Sentir l'excitation d'être bientôt découverte. *À toi de compter ! Venez goûter, les filles ! Regarde les nuages, qu'est-ce que tu vois ?* Les voix se superposent. Les conversations couvrent le bruit du crayon sur la feuille. Sa mère, sa grand-mère, Sabine vivent avec elles.

Une perpétuelle aération de la chambre. La fenêtre et la porte sont grandes ouvertes du matin au soir, elles s'échangent des courants d'air. Le rideau s'envole dehors, il ressemble à une mariée qui s'échappe. Laurence est au milieu de la pièce, telle une gardienne de phare, vivante et persévérante, passant de la peur à la confiance.

Le lit absorbe les couleurs du ciel. Les couchers du soleil réchauffent les murs. Ils rougissent d'appréhension, quelque chose d'important va advenir.

Les peaux

Laurence marche pendant des heures. Ses semelles sont fines, elle ressent les imperfections du sol : les bosses, les craquelures, les cailloux. Elle passe de larges avenues à des petites rues parfois sans issue. D'endroits ensoleillés à des espaces frais, ventés. Elle se couvre et se déshabille au gré du parcours. La ville est un corps géant, en mouvement, à la peau lisse ou tachée. Laurence explore, elle touche, elle sent, elle regarde.

Elle a envie d'aborder chacune des femmes, de tout son être. Elle les observe avec une grande attention. Elle se sent proche d'elles. Intimes, elles vont envahir sa page, sa chambre, sa tête. Laurence rentre chez elle, excitée par tout ce qu'elle a à reproduire, et déjà l'index dessine dans le vide.

Ses déplacements sont de plus en plus larges, avec eux sa connaissance des femmes s'agrandit. Les trajets relient les récits. À chaque pas elle découvre un peu plus d'elle-même et des femmes de sa famille. Sofia se raconte à travers sa mère et ses tantes. Les histoires entrent en contact, prennent sens et libèrent.

Pour la période estivale, Laurence a accepté un poste de caissière à la piscine. Elle est dans une cabine vitrée à l'entrée et distribue des tickets. Chaleur humide. Odeurs de chlore, de produits d'entretien et de crèmes solaires se mêlent. Ce qui est désagréable pour les autres est réconfortant pour elle. Elle est vivante, elle transpire et dégage une odeur pugnace concentrée sous les aisselles. La bulle dans laquelle elle se trouve lui permet d'en prendre conscience. Il y fait très chaud. Elle se gratte, des bêtes d'orage se fixent sur sa peau en sueur et la démangent. Dans un coin de la cabine s'amassent les objets perdus : lunettes de plongée, chaussettes, ours en peluche, ils n'ont rien à voir les uns avec les autres. Un bazar qu'elle s'applique à ordonner et qui rend l'espace chaleureux. Elle observe les femmes, les hommes, les enfants. Leur démarche depuis la descente de leur voiture, leurs affaires, leur empressement. Les voix sont feutrées par la vitre qui les sépare. Les haleines se heurtent au verre qui se trouble quand certains s'avancent trop près.

Le temps de rendre la monnaie et de donner les tickets, Laurence scrute la peau des personnes. Elle se rend compte qu'elle peut attribuer un mot différent pour chacune. Cette recherche est inépuisable.

Tannée, dorée, ridée, lâche, lisse, ferme, blanche, boursouflée, transpirante, boutonneuse, griffée, douce... Elle se surprend à avoir envie d'en toucher certaines, sentir leur odeur de corps et impliquer la sienne. Peau contre peau.

Quand personne ne se présente à la caisse, Laurence lit des romans. Elle existe à travers les histoires des autres qui la tiennent aux aguets.

– Deux entrées, s'il vous plaît.

– Est-ce que mon fils pourra emprunter une ceinture pour aller dans le grand bassin ?

– Serez-vous ouverts le 15 Août ?

Interrompue, Laurence voltige d'une personne à l'autre, celles de la vraie vie et celles des livres. Elle leur reconnaît à toutes une complexité et un mystère.

Laurence quitte son pantalon, son T-shirt, et prend soin de les poser sur son lit. Elle s'avance dans l'encadrement de la fenêtre ouverte. Les chevilles sont stables, les cuisses musclées et fermes comme si elles contenaient toute la puissance de ce nouveau corps.

En plein jour. Son exhibition est une splendeur. Le vent paraît timide. Tout semble s'arrêter. Laurence est bouleversante. Elle entend des petits bruits lointains comme des sanglots étouffés dans un menton tremblant. Rien ne la perturbe. Elle n'a jamais été aussi nue que vêtue de cette culotte et de cette brassière. Seule dans sa peau. Hors de tout désir masculin. Envahie par une sensation de grandeur. Les doigts s'étirent, le cou s'allonge, la bouche s'entrouvre et avale l'air gorgé de chaleur.

Elle rêve de ciel, de lac, d'immersion nue dans l'eau. Remonter à la surface et recommencer. À l'infini. Elle rêve de vol. De saut. De déploiement. De hauteurs vertigineuses.

Son reflet dans la vitre respire du même souffle, il ne transforme pas. Le regard rond et soutenu.

Elle est vue par quelques passants ou passagers de voiture, ils ne peuvent pas comprendre. Elle est au balbutiement de sa vie.

L'orage

Par la vitre baissée, Laurence tend son visage au vent. Un bandeau lui dégage le front. Sa voix se mêle à celle des Cranberries, elle adore cette chanson. L'air fouette la peau, Laurence garde les yeux ouverts.

Au retour, la radio est éteinte. Les deux femmes relèvent les pare-soleil. Des champs de colza à perte de vue. Dans la poche de Laurence, le papier plié et confié avec gravité par Charlotte : la date de sa confrontation avec Christophe.

Elles ne se disent rien jusqu'à ce qu'Évelyne demande :

– Tu veux conduire ?

Son audace résonne dans l'habitacle. Laurence prend le volant, c'est la première fois.

– Je peux, tu es sûre ?

– J'ai confiance.

Elle a l'impression de tracer sur des centaines de kilomètres. Des heures et des heures de voyage. Le paysage à la renverse, impressionné par tant de vie.

Laurence a raconté à Charlotte. Ce qu'elle voulait, ce qu'elle ne voulait pas. Bégaiements, étouffements de larmes. Ce qu'elle croyait normal. Sa sidération dans la chambre de Christophe. Des fins de phrases fuyantes, malmenées. Des silences appuyés.

Charlotte l'a écoutée. À son tour elle lui a parlé. Elle est prête pour la confrontation. Deux fois elle devra raconter les faits devant Christophe. Être précise. À quel moment était-elle consentante ? Quand ne l'était-elle pas ? Pourquoi ? Qu'a-t-elle dit ? Qu'a-t-il fait ? Retourner les questions cent fois pour se préparer. Ne pas se laisser submerger. Laurence l'accompagnera jusqu'à la porte du juge d'instruction. Charlotte a répété : « Toi aussi tu devrais porter plainte. » Laurence a besoin de temps.

La main d'Évelyne caresse celle de sa fille au-dessus du levier de vitesse.

Le ciel est lourd, chargé de nuages sombres, il semble se poser sur la cabine. Les baigneurs ont quitté le bassin. Laurence reste à son poste. Sa peau transpire, l'air est étouffant. Le temps se détraque, un tourbillon de vent soulève la poussière. Des orages éclatent. Ce fracas soudain plaît à Laurence. Une férocité du ciel qui lui ressemble. Elle enfourche sa vie, le front puissant contre la vitre. Les paumes des mains fermement appuyées sur la table comme dans un bras de fer.

Une pluie torrentielle s'abat pendant plusieurs minutes. Laurence résiste aux éléments déchaînés sans aucun signe de renoncement. L'agitation dans son ventre est semblable à l'orage.

Les bruits de tonnerre disparaissent. Elle entend maintenant l'écoulement de l'eau que les caniveaux peinent à engloutir. Un paquet de cigarettes flotte dans la rigole du trottoir. Elle souffle sur la vitre refroidie par l'orage, une buée se forme, elle a envie d'y écrire sa soif de vivre.

Le soir même, elle retrouve Sabine. Des éclairs reviennent par épisodes tout au long de la nuit. Elles se promettent de monter sur le plus haut plongeoir. À l'aube exhiber leur poitrine, leurs hanches, leurs cuisses. Orchestrer les bruits du ciel. Elles veulent crier qu'elles sont vivantes. Elles seront insaisissables et magnifiques. Les deux femmes ne doutent pas une seule seconde. Se le promettre avec une telle intensité compte plus que l'acte lui-même.

Respirer

Laurence et son père terminent leur jogging dans le parc, un rituel. Essoufflés, ils s'inclinent tous les deux au-dessus d'une fontaine pour se rafraîchir. Leur ventre plié disparaît sous les côtes. Les gouttelettes glissent sur la peau et s'évaporent très vite. Ils s'étirent contre un banc puis s'assoient quelques instants. Les corps récupèrent, la respiration ralentit. Les éléments de la nature semblent les accompagner. Rémy soupire et garde la bouche entrouverte. Yeux clos. Un silence profond glisse sur eux. Un court instant d'émerveillement. Le ciel en partage.

La pointe des arbres se balance, la main de Laurence danse devant le visage de son père. Légèrement. La joue, le nez, le front reçoivent sa caresse d'ombre.

À travers ses paupières, Rémy devine l'effleurement.

Lorsqu'ils rentrent, Évelyne se réveille d'une sieste. Le visage détendu, elle laisse rouler sa tête avec une lenteur inhabituelle. Laurence l'observe sans la questionner. Elle ne saura jamais que cet après-midi-là Évelyne s'est mise entièrement nue et placée devant un miroir. La maison était silencieuse et figée comme des paupières qui ne clignent plus. Le regard sur les seins, le ventre, les hanches. Sa main couvrait son sexe. Un doigt humide remontait sur les poils. Une grande inspiration du corps. Elle était sans âge, sans enfants, sans mari.

Épilogue

Une porte de garage est entrouverte. L'odeur intense de brûlé et les bruits de crépitement attirent Laurence.

Des étincelles blanches, bleues et dorées projetées de plus en plus loin comme si elles venaient chercher Laurence dans la rue. Elles interrompent sa marche nocturne.

Elle est à moins d'un mètre. De vifs éclats aussi ardents qu'un orage révèlent la profondeur de la pièce.

Son cœur bat vite, comme un oiseau qui agite ses ailes pour rester sur place. Le son s'amplifie.

Un soudeur est penché. Visage et mains à deviner. Les étincelles jaillissent et se dispersent. Un feu d'artifice dans la nuit.

Les gestes sont minutieux, les allées et venues sur la matière brûlée précises. Transformer, réunir, raviver. Des sursauts parcourent Laurence. Désir de vivre. Désir d'aimer. Des larmes lui montent aux yeux. Les éclats lumineux s'enveniment, ils rejoignent le feu qui est en elle. Ses joues rougissent et toute la surface de sa peau se réchauffe.

L'odeur est enivrante, Laurence s'en remplit avec ferveur tel un nouveau-né avale le premier lait.

Elle maintient les yeux grands ouverts pour garder la vision réelle.

Elle se sent vivante comme jamais.

C'est la première fois qu'elle a dix-huit ans.

Table

II. DIX-SEPT ANS

III. DIX-HUIT ANS

RÉALISATION : NORD COMPO À VILLENEUVE-D'ASCQ
ACHEVÉ D'IMPRIMER SUR ROTO-PAGE
PAR L'IMPRIMERIE FLOCH À MAYENNE
DÉPÔT LÉGAL : MARS 2021. N° 147571 (97704)
IMPRIMÉ EN FRANCE